U0540683

KEY·可以文化

莫言 | 主要作品

红高粱家族
天堂蒜薹之歌
十三步
酒国
食草家族
丰乳肥臀
红树林
檀香刑
四十一炮
生死疲劳
蛙

○●○

白狗秋千架（小说集）
爱情故事（小说集）
与大师约会（小说集）
欢乐（小说集）
怀抱鲜花的女人（小说集）
战友重逢（小说集）
师傅越来越幽默（小说集）

○●○

姑奶奶披红绸（剧作集）
我们的荆轲（剧作集）

Winner of
the Nobel Prize
in Literature

三十年前的
一次长跑比赛

莫言中篇小说精品系列

三十年前的一次长跑比赛

浙江文艺出版社

目录

牛 / 001

我们的七叔 / 107

三十年前的一次长跑比赛 / 190

牛

一

那时候我是个少年。

那时候我是村里最调皮捣蛋的少年。

那时候我也是村里最让人讨厌的少年。

这样的少年最令人讨厌的就是他意识不到别人对他的讨厌。他总是哪里热闹就往哪里钻。不管是什么人说什么话他都想伸过耳朵去听听；不管听懂听不懂他都要插嘴。听到了一句什么话，或是看到了一件什么事他便飞跑着到处宣传。碰到大人他跟大人说，碰到小孩他跟小孩说；大人小孩都碰不到他就自言自语。好像把一句话憋在肚子里就要爆炸似的。他总是错以为别人都很喜欢自己。为了讨得别人的欢心他可以干出许多荒唐事。

譬如说那天中午，村子里的一群闲人坐在池塘边柳树下打扑克，我便凑了上去。为了引起他们的注意，我像猫一样蹿到柳树上，坐在树丫里学布谷鸟的叫声。学了半天也没人理我。我感到无趣，便居高临下地观看牌局。看了一会儿我的嘴就痒了起来。我喊叫："张三抓了一张大王！"张三仰起脸来骂道："罗汉，你找死吗？"李四抓了一张小王我也忍不住地喊叫："李四手里有一张小王！"李四说："你嘴要痒痒就放在树皮上蹭蹭！"我在树上喋喋不休，树下的人们很快就恼怒了。他们七口八舌地骂我。我在柳树上与他们对骂。他们终于忍无可忍了，停止打牌，纷纷地去四下里找来砖头瓦块，前前后后地站成一条散兵线，对着树上发起攻击。起初我还以为他们是跟我闹着玩玩呢，但一块断砖砸在我头上。我的脑袋嗡的一声响，眼前冒出许多金星星，幸亏双手搂住了树杈才没掉下去。我这才明白他们不是跟我开玩笑。为了躲避打击，我往树的顶梢蹿去。我把树梢蹿冒了，伴着一根枯树枝坠落在池塘里，弄得水花四溅，响声很大。闲人们大笑。能让他们笑我感到很高兴。他们笑了就说明他们已经不恨我了。尽管头上鼓起了血包、身上沾满了污泥。当我像个泥猴子似的从池塘里爬上来时，模模糊糊地意识到：其实我是故意地将柳树梢蹿冒了。为了引起他们的注意，为了赢得他们的笑声，为了让他们高兴。我的头有一点痛，似乎有几只小虫子从脸上热乎乎地爬下来。闲人们看着我。我也看着他们。我看到他们脸上露出了一些惊讶的神色。当我将摇摇晃晃的身体靠在柳树干上时，其中一个闲人大叫："不好，这小子要死！"闲人们愣了一下，发一声喊，风一样地散去了。我感到无趣极了，背靠着柳树，迷迷糊糊地，很快就睡着了。

等我醒过来时，柳树下又聚集了一群人。我本家的一个担任生产队长的麻脸的叔叔将我从树下提拎起来。"罗汉，"他喊叫着我的乳名，说，"你在这里干什么？头怎么破了？瞧瞧你这副模样，真是美丽极了！你娘刚才还扯破嗓子满世界喊你，你却在这里鬼混，滚吧，滚回家去吧！"

站在耀眼的阳光下，我感到头有点晕。听到麻叔对我说："把身上的泥、头上的血洗洗！"

我听了麻叔的话，蹲在池塘边上，撩着水，将自己胡乱洗了几下子。冷水浸湿了头上的伤口，有点痛的意思，但并不严重。这时，我看到生产队里的饲养员杜大爷牵着三头牛走过来了。我听到杜大爷咋咋呼呼地对牛说："走啊，走，怕也不行，丑媳妇脱不了见公婆！"

三头牛都没扎鼻环，在阳光下仰着头，与杜大爷较劲。这三头牛都是我的朋友，去冬今春饲草紧张时，我与杜大爷去冰天雪地里放过它们。它们与其他本地牛一样，跟着那头蒙古牛学会了用蹄子刨开雪找草吃的本领。那时候它们还很小。没想到过了一个冬天它们就长成了半大牛。三头牛都是公牛。那两头米黄身体白色嘴巴的鲁西牛长得一模一样，好像一对傻乎乎的孪生兄弟。那头火红色的小公牛有两道脊梁骨，是那头尾巴弯曲的蒙古母牛下的犊子，我给它起了个名字叫双脊。双脊比较流氓，去年冬天我们放牧时，它动不动就往母牛背上跳。杜大爷瞧不起它，认为它跳也是白跳，但很快杜大爷就发现这家伙已经能够造孽，急忙用绳子将它的两条前腿拴起来，拴起来也没挡住它跳到母牛背上，包括跳到生它的蒙古母牛背上。杜大爷曾说过："骡马比君子，牛羊日它娘。"

"老杜，你能不能快点？"麻叔大声吆喝着，"磨磨蹭蹭，让老董同志在这里干等着。"

蹲在小季家山墙下的老董同志抽着烟卷说："没事没事，不急不急！"

老董同志是公社兽医站的兽医，大个子，黑脸，青嘴唇，眍眼窝，戴一副黑边眼镜，腰有点虾米。他烟瘾很重,一支接一支地抽,不停地咳嗽,不停地吐痰。他的右手食指和中指被烟熏得焦黄,一看就知道是老烟枪。他夹烟的姿势十分好看,像唱戏的女人做出的那种兰花指。我长大后夹烟的姿势就是模仿了老董同志。

麻叔冲到牛后,打了两个鲁西牛各一拳,踢了双脊一脚。它们往前蹿了几步,就到了柳树下。

杜大爷被牛缰绳拖得趔趔趄趄,嘴里嘟哝着:"这是怎么个说法,这是干什么吃的……"

麻叔训他:"你嘀咕个什么劲!早就让你把牛牵来等着!"

老董同志站起来说:"不急不急,也就是几分钟的活儿。"

"几分钟的活儿?您是说捶三头牛只要几分钟?"老杜摇摇他的秃头,瞪着眼问,"老董同志,俺见过捶牛的!"

老董同志嘴里叼着烟,跑到柳树后边,对着池塘撒尿。水声停止后他转出来,劈开着两条腿,系好裤扣子,搓搓手,眯缝着眼睛问:"您啥时见过捶牛的?"

杜大爷说:"解放前,那时候都是捶,先用一根油麻绳将蛋子根儿紧紧地扎了,让血脉不流通,再用一根油汪汪的檀木棒槌,垫在捶布石上,轻轻地捶,一直将蛋子儿捶化了，捶一头牛就要一上午，捶得那些牛直翻白眼，哞哞地叫。"

老董同志将烟屁股啐出去，轻蔑地说："那种野蛮的方法，早就被我们淘汰了；旧社会，人受罪，牛也受罪！"

麻叔说："对嘛，新社会，人享福，牛也享福！"

杜大爷低声道："旧社会没听说骗人的蛋子，新社会骗人的蛋子……"

麻叔说："老杜，你要是活够了，就回家找根麻绳子上吊，别在这里胡说！"

杜大爷翻着疤癞眼道："我说啥了？我什么也没说……"

老董同志抬起腕子看看手表，说："开始，老管，你给我掐着表，看看每头牛平均用几分钟。"

老董同志将手表撸下来递给麻叔，然后挽起衣袖、紧紧腰带。他从上衣兜里摸出一柄亮晶晶的小刀子。小刀子是柳叶形状，在阳光下闪烁。然后他从裤兜里摸出一个酱红色的小瓶子，拧开盖子，夹出一块碘酒棉球，擦擦小刀和手指。他将用过的棉球随手扔在地上。棉球随即被看热闹的吴七抢去擦他腿上的疥疮。

老董同志说："老管，开始吧！"

麻叔将老董同志的手表放在耳朵边上,歪着头听动静。他的脸上神情庄严。我跑到他面前,跳了一个高,给他一个猝不及防,将那块手表夺过来,嘴里喊着:"让我也听听!"

我刚把手表放到耳边,还没来得及听到什么,手腕子就被麻叔攥住了。麻叔将手表夺回去,顺手在我的头上扇了一巴掌。"你这熊孩子怎么能这样呢?"麻叔恼怒地骂道,"你怎么这么招人烦呢?"骂着,他又赏给我一巴掌。虽然挨了两巴掌,但我的心里还是很满足。我毕竟摸到了老董同志的手表,我不但摸到了老董同志的手表,而且还将老董同志的手表放到了耳朵上听了听,几乎就算听到了手表的声音。

老董同志让杜大爷将手里的三头牛交出两条让看热闹的人牵着。杜大爷交出双脊和大鲁西,只牵着一条小鲁西。老董同志撇着外县口音说:"好,你不要管我,只管牵着牛往前走。"

杜大爷就牵着牛往前走,嘴里嘟嘟哝哝,听不清他说了些什么。

老董同志对麻叔说:"老管呐,你看到我一弯腰就开始计时;我不弯腰你不要计时。"

麻叔有点不好意思地说:"老董同志,实不相瞒,这玩意儿我还真有点不会看。"老董同志只好跑过去教麻叔看表计时，我只听到他对麻叔说："你就数这红头小细针转的圈数吧，转一圈是一分钟。"

这时杜大爷牵着小鲁西转回来了。

老董同志说："转回去，你只管牵着牛往前走，我不让你回头你不要回头。"

杜大爷说："我回头会怎么样？"

老董同志说："回头溅你一脸血！"

这时阳光很是明亮，牛的皮毛上仿佛涂着一层油。杜大爷在牛前把缰绳抻得直直的，想让小鲁西快点走，但不知为什么小鲁西却不愿走。它仰着头，身体往后打着坐。其实它应该快走。它的危险不在前面而是在后面。老董同志尾在牛后，跟着向前走了几步。我们跟老董同志拉开了三五米的距离，都目不转睛地盯着他的背。我们听到他急促地说了一句："老管，开始！"然后我们就看到，老董同志弯下了他的虾米腰。他的后脑勺子与小鲁西的脊梁成了一个平面。他的双手伸进了小鲁西的两条后腿之间。我们看不清楚他的双手在牛的两条后腿之间干什么，但我们都知道他的双手在牛的两条后腿之间干什么。我们只看到与老董同志的后脑勺子成了一个平面的小鲁西的脊梁扭动着，但我们弄不明白小鲁西为什么不往前蹿几步。我们还听到小鲁西发出沉重的喘息声,但我们弄不明白小鲁西为什么不尥起蹄子将老董同志打翻。说时迟那时快,老董同志已经直起了腰。一个灰白色的牛蛋子躺在滚烫的浮土上抽搐着,另一个牛蛋子托在他的手掌里。他嘴里叼着那柄柳叶刀,用很重的鼻音说:"老管,好了!"

"三圈不到,"麻叔说,"就算三圈吧!"

麻叔一直定睛看表,没看到老董同志和小鲁西的精彩表演,他嚷起来:"怎么,这就完了吗?"他随即看到了地上和老董同志手中的牛蛋子,惊叹道:"我的天,三分钟不到您就阉了一头牛!老董同志您简直就是牛魔王!"

杜大爷转到牛后,看到小鲁西后腿之间那个空空荡荡的、滴着血珠的皮囊,终于挑出了毛病:"老董同志,您应该给我们缝起来!"

老董同志说:"如果您愿意缝起来,我马上就给您缝起来。不过,根据我多年的经验,缝起来不如不缝起来。"

麻叔嚷道:"老杜,你胡嚷什么你,人家老董同志是兽医大学毕业的,这大半辈子研究的就是这点事,说句难听的话,老董同志骟出的蛋子儿比你吃过的窝窝头还要多……"

"老管呀,您太喜欢夸张了!您是一片'燕山雪花大如席'!"老董同志说着,用一根血手指将眼镜往上戳了戳,然后很仔细地将地下的那个牛蛋子捡起来,然后他将两个牛蛋子放到柳树下边凸出的根上,然后他说:"老杜,牵条过来。"

杜大爷将小鲁西交到一个看热闹的人手里,从另一个看热闹的人手里将大鲁西牵过来。杜大爷眼巴巴地看着老董同志,老董同志扬了一下下巴,示意他牵着大鲁西往前走。杜大爷就牵着大鲁西往前走。大鲁西与小鲁西一样不愿意往前走。我心里替它着急,大鲁西,你为什么不往前跑呢?你难道看不到小鲁西的下场吗?老董同志一声不吭就弯下了腰。麻叔也不看表了,直着眼盯着老董同志看,脚步不由自主的我们都跟着老董同志往前走。我们看到一个灰白的牛蛋子落在了滚烫的浮土上抽搐。我们紧接着看到老董同志手里托着一个牛蛋子、嘴里叼着那柄柳叶刀站直了腰。我们听到麻叔拍着大腿说:"老董,我服了你了!我他妈的口服心服全部地服了你了!您这一手胜过了孙猴子的叶底偷桃!"

老董同志将大鲁西的两个蛋子拿到柳树下与小鲁西的两个蛋子放在一起,回转身,用血手指将黑边眼镜往上戳了戳,然后扬扬下巴,示意杜大爷将双脊牵过来。杜大爷可怜巴巴地看看麻叔,说:"队长,不留个种了?"

麻叔说:"留啥种?我千叮咛万嘱咐,让你们看住它,可你们干了些什么?只怕母牛的肚子里都怀上这个杂种的犊子了!"

老董同志将柳叶刀吐出来,吃惊地问:"怎么?这头牛与母牛交配过?"

我急忙插嘴道:"我们队里的十三头母牛都被它配了,连它的妈都被它配了!"

杜大爷训我道:"你一个屁大的孩子,插啥嘴?你知道母牛从哪个眼里撒尿?"

我说:"我亲眼看到它把队里的母牛全都配了。这事只有我有发言权。杜大爷只看到双脊配它的妈。他以为给它把前腿拴起来就没事了。所以他让我看着牛他自己蒙着羊皮袄躺在沟崖上晒着太阳睡大觉。热闹景儿全被我看到了。大鲁西和小鲁西也想弄景,但它们的小鸡鸡像一根红辣椒。它们往母牛背上跳,母牛就回头顶它们。双脊可就不一样了,它装作低头吃草,慢慢地往母牛身边靠,看看差不多了,它轰地就立起来,趴在了母牛背上,我用鞭杆子戳它的屁股它都不下来……"

我正说得得意，就听到麻叔怒吼了一声，好像平地起了一个雷。

我打了一个哆嗦，看到麻叔的麻脸泛青，小眼睛里射出的光像锥子一样扎着我。

"我们老管家几辈子积德行善，怎么还能出了你这样一块货！"麻叔一巴掌将我扇到一边去，转过脸对老杜说，"牵着往前走哇！"

老董同志说："慢点慢点，让我看看。"

老董同志弯下腰，伸手到双脊的后腿间摸索着。双脊的腰一拧，飞起一条腿，正打在老董同志的膝盖上。老董同志叫唤了一声，一屁股坐在了地上。

麻叔慌忙上前，把老董同志扶起来，关切地问："老董同志，要紧不？"

老董同志弯腰揉着膝盖，咧着嘴说："不要紧，不要紧……"

杜大爷拍了双脊一巴掌，笑眯眯地骂道："你这个坏蛋，怎么敢踢老董同志？我看你是活得不耐烦了！"

老董同志瘸着一条腿，跳到小季家屋山头的阴凉里，坐在地上，说："老管，这头牛不能阉了！"

麻叔着急地问："为什么？"

老董同志说："它交配太多，里边的血管子粗了，弄不好会大出血。"

麻叔说:"你听他们胡说什么?!这是头小牛,比那两头还晚生了两个月呢!"

老董同志伸出手,对麻叔说:"给我。"

麻叔说:"什么给你?"

老董同志说:"手表给我。"

麻叔抬手看看腕上的表,说:"难道我还能落下你的手表?!真是的!"

老董同志说:"我没说你要落下我的手表。"

麻叔说:"老董同志,我们把你请来一次也不容易,您听我慢慢说。咱们这里不但粮食紧张,草也紧张,要不寒冬腊月还能去放牛?就这些牛也养不过来了。牛是大家畜,是生产资料,谁杀了谁犯法。杀又不能杀,养又养不起。去年我就对老杜说,如果你再让母牛怀了犊子,我就扣你的工分。谁知道这个家伙让所有的母牛都怀了犊。老董同志您替我们想一想,如果不把这个家伙阉了,我们生产队就毁了。我们去年将三头小牛扔到胶州集上,心里得意,以为甩了三个包袱,可还没得意完呢,它们就跑回来了。不但它们跑了回来,它们还带来了两头小牛,用棍子打都打不走。我们的保管员用棍子打牛还被人家告到公社革委会,硬把他拉到城南苗圃去办了一个月的学习班——宁愿下阴曹地府，不愿进城南苗圃——说他破坏生产力，反革命，打瘸了一条腿，至今还在家里趴着……"

老董同志打断麻叔的话，说："行了行了。老管，您这样一说，我更不敢动手了，我要把这头牛阉死，也要进城南苗圃学习班。"说完，抓起一把土搓搓手，站起来，瘸着腿，走到自行车前，蹬开支架就要走。

麻叔抢上前去，锁了老董的车，将钥匙装进口袋里，说："老董，你今天不把这头牛阉了你别想走！"

老董同志脸涨得青紫，嘴唇哆嗦着起了高声："你这人怎么这样呢？！"

麻叔笑着说："我这人就这样，你能怎么着我？"

老董同志气哄哄地说："你这人简直是个无赖！"

麻叔笑着说："我就是个无赖，您怎么着？！"

老董同志说："这年头，乌龟王八蛋都学会了欺负人，我能怎么着您？贫下中农嘛，领导阶级嘛。管理学校嘛！"

麻叔说："老董同志，您也别说这些难听的话，您要是够朋友，就给我们把这个祸害阉了，您要是不够朋友，我们也拿您没办法。但是您的手表和自行车就留给我们，我们拿到集上去卖了，卖了钱去买点麦穰草喂牛，把人民公社的大家畜全都饿死，也是个很严重的问题。"

老董同志说："老管你就胡扯蛋吧，饿死牛与我有屁的关系？"

麻叔说："怎么会没有关系呢？全公社的牛都饿死了还要你们兽医站干什么吗？还要你这个兽医干什么？人民公社先有了牛，才有你这个兽医。"

老董同志无可奈何地说："碰上了你这号的刁人有啥办法？怪不得人家说十个麻子九个坏，一个不坏是无赖！"

"随你怎么说吧，反正形势就明明白白地摆在这里，干不干都随你。"麻叔笑嘻嘻地说着，把手腕子夸张地举到耳边听着，说，"好听好听，果然是好听，一股子钢声铜音儿！"

老董同志说："你把表给我！"

麻叔瞪着小眼，说："你有什么凭据说这表是你的？你说它是你的，但你能叫应它吗？你叫它一声，如果它答应了，我就还给你！"

老董同志恼怒地说："今日我真他妈的倒了霉，碰上了你这块滚刀肉！好吧，我阉，阉完了牛，连你这个王八蛋也阉了！"

麻叔说:"阉我就不用您老人家动手了,去年春天我就让公社医院的快刀刘给阉了。"

老董同志摸出刀子,说:"麻子,咱把丑话说到前头,这头牛要是有个三长两短,你可要负完全彻底的责任!"

麻叔说:"有个屁的三长两短,那玩意儿本来就是多余之物!"

老董同志扬起脸,对我们说:"广大的贫下中农同志们作证,我本来不想阉,是麻子硬逼着我阉的……"

麻叔说:"好好好,是我逼着你阉的,出了事我承担责任。"

老董同志说:"那好,你说话可要给话做主。"

麻叔说:"老先生,您就别啰唆了!"

老董同志看看双脊,双脊也斜着眼睛看他。老董同志伸着手刚想往它尾后靠,它甩了一下尾巴就转到了杜大爷背后。杜大爷急忙转到它的头前,它一甩尾巴又转到了杜大爷背后。杜大爷说:"这东西,成了精了!"

老董同志看看麻叔,说:"怎么样?麻子,不是我不想干。"

麻叔说:"看刚才那个吹劲儿,好像连老虎都能骗了,弄了半天连个小公牛都治不了!把刀子给我,您到一边歇着,看我这个没上过兽医大学的老农民把它阉了!您呐,白拿了国家的工资!"

老董同志脸涨得青紫,说:"麻子,你真是狗眼看人低!老董我今天不阉了它我就头朝下走回公社!"

麻叔说:"您可别吹这个牛!"

老董同志也不说话,弯下腰就往双脊尾后靠。它不等老董靠到位,就飞快地闪了。老董跟着它转,它就绕着杜大爷转。牛缰绳在杜大爷腰上缠了三圈,转不动了。杜大爷鬼叫:"毁了我啦……毁了我啦……"

老董趁着机会,将双手伸进了双脊后腿间,刚要下手,小肚子上就挨了双脊一蹄子。老董同志叫了一声娘,一屁股就坐在了地上。然后双脊又反着转回来,尾巴梢子抡起来,扫掉了老董同志的眼镜。老董同志毕竟是常年跟牛打交道的,知道保护自己,当下也顾不了眼镜,一个滚儿就到了安全地带。麻叔冲上去,将老董同志的眼镜抢了出来。几个人上去,将老董同志扶到小季家山墙根上坐定。老董同志小脸蜡黄,憋出了一脑门子绿豆汗。麻叔关切地问:"老董同志,不要紧吧?没伤着要害吧?"

老董同志不说话,好像连气儿也不敢喘,憋了半天,才哭咧咧地说:"麻子,我日你老娘!"

麻叔充满歉意地说："真是对不住您，老董同志。不阉了，不阉了，走，到我家去，知道您要来，我让老婆用地瓜干子换了两斤白酒。"

老董同志看样子痛得轻点了，他从衣兜里摸出了半包揉得窝窝囊囊的烟，捏出一支，颤颤抖抖地划火点上，深深地吸了一口，憋了足有一分钟才把吸进去的烟从鼻孔里喷出来。

"真是对不住您，老董同志，"麻叔将黑边眼镜放在自己裤头边上擦擦，给老董同志戴上，然后摘下手表，摸出钥匙，说，"这个还给您。"

老董同志一摆手，没接手表和钥匙，人却忽地站了起来。

"哟嗬，生气了？跟您闹着玩呢。"麻叔道，"走吧走吧，到我家喝酒去。"麻叔说着，就去牵老董同志的手，同时回头吩咐杜大爷："老杜，你把牛拉回去吧！"然后又对我说："罗汉，把那四个牛蛋子捡起来，送到我家，交给你婶子，让她炒了给我们下酒。记住，让她把里边的臊筋儿先剔了，否则没法吃……"

遵照着麻叔的吩咐，我向柳树下的牛蛋子跑去。杜大爷眼睛盯着柳树下的牛蛋子，拉着牛缰绳往前走。这时，我们听到老董同志大喊："慢着！"

我们都怔住了。麻叔小心地问:"怎么了,老董同志?"

老董同志不看我们,也不看麻叔,眼镜后的青眼直盯着双脊后腿间那一大团物件,咬着牙根说:"奶奶个熊,今日我不阉了你,把董字倒过来写!"

麻叔眨眨眼睛,走上前去扯扯老董同志的衣袖,说:"算啦算啦,老董同志,您这么有名的大兽医,犯不着跟这么头小牛犊子生气。它一蹄子蹬在您腿上,我们这心里就七上八下的难受了;它要是一蹄子蹬在您的蛋子上,我们可就担当不起了……"

老董同志瞪着眼说:"麻子,你他妈的不用转着圈儿骂我,你也甭想激将我出丑。别说是一头牛,就是一头大象、一只老虎,我今日也要做了它。"

麻叔说:"老董同志,我看还是算了。"

老董同志挽起衣袖,紧紧腰带,打起精神,虎虎地往上凑。双脊拖着杜大爷往前跑去。杜大爷往后仰着身体,大声喊叫着:"队长,我可是要松手了……"

麻叔大声说:"你他妈的敢松手,就把你个狗日的骟了!"

麻叔追上去,帮着杜大爷将双脊拉回来。

老董同志说:"看来只能用笨法子了。"

麻叔问:"什么笨法子?"

老董同志说:"你先把这家伙拴在柳树上。"

杜大爷将双脊拴在柳树上。

老董抬头望望柳树,说:"去找两根绳子,一根杠子。"

杜大爷问:"怎么,要把它捆起来?"

老董同志说:"对这样的坏家伙只能用这种办法。"

麻叔吩咐侯八去找仓库保管员拿绳子杠子。侯八一溜小跑去了。

老董同志从衣袋里摸出了一支烟,点着。他的情绪看来大有好转。他从衣袋里摸出一支烟扔给麻叔。麻叔连声道谢。杜大爷贪婪地抽着鼻子,想引起老董同志的注意。可老董同志根本就不看他。老董同志对麻叔说:"去年,国营胶河农场那匹野骡子够厉害了,长了三个睾丸,踢人还加上咬人,没人敢靠它的身。最后怎么着?我照样把它给骟了!"

麻叔道:"我早就说过嘛,给您只老虎您也能把它骟了!"

老董同志说:"你要能弄来只老虎,我也有办法。有治不好的病,没有骟不了的畜生。"

杜大爷撇撇嘴,低声道:"真是吹牛皮不用贴印花！"

老董同志扫他一眼，没说什么。

侯八扛着杠子、提着绳子，飞奔过来。

老董同志将烟头狠劲儿吸了几口，扔在地上。

我扑上去，将烟头抢到手里，用指尖捏着，美美地吸了一口。

小乐在我身边央求着："罗汉，让我吸一口行不？让我吸一口……"

我将烟头啐出去，让残余的那一点点烟丝和烟纸分离。

我很坏地笑着说："吸吧！"

小乐骂道："罗汉，你就等着吧，这辈子你总有用得着我的时候！"

麻叔把我们轰到一边去。几个看热闹的大人在麻叔和老董同志的指挥下，将那根木杠子伸到双脊肚皮下，移到它的后腿与肚皮之间的夹缝里。老董同志一声喊，杠子两头的男人一齐用劲，就把双脊的后腿抬离了地。但它的身体还在扭动着。老董同志亲自动手，用绳子拴住了双脊的两条后腿，将绳子头交给旁边的人，让他们往两边拉着。老董同志又掀起它的尾巴，拴在绳子上，将绳子扔到柳树杈上，拉紧。老董同志将这根绳子头交给我,说:"拽紧,别松手!"

我荣幸地执行着老董同志交给我的光荣任务,拽着绳子头,将双脊的尾巴高高地吊起来。

杜大爷嘟哝着:"你们这哪里是上庙?分明是在糟蹋神嘛!"

双脊哞哧哞哧地喘息着。那几个抬杠子的汉子也喘起了粗气。其中一个嚷:"队长,挺不住了……"

麻叔在他头上敲了一拳,骂道:"看你这个怂样!把饭吃到哪里去了?挺住!今天中午,每人给你们记半个工!"

老董同志很悠闲地蹲在地上,嘴里念叨着:"你蹦呀,踢呀,你的本事呢?……"老董同志将一个硕大的牛蛋子狠狠地扔在地上,说:"我让你踢!"

老董同志又将一个硕大的牛蛋子狠狠地扔到地上,说:"我让你踢!"

老董同志抬起腰,说:"好了,松手吧!"

于是众人一齐松了手。

双脊一阵狂蹦乱跳,几乎把缰绳挣断。杜大爷远远地躲着不敢近前,嘴里叨咕着:"疯了,疯了……"

双脊终于停止了蹦跳。

老董同志说:"蹦呀,怎么不蹦了呢?"

黑色的血像尿一样嗞嗞地往外喷。双脊的两条后腿变红了，地下那一大片也洇红了。双脊脑袋抵在树干上，浑身打着哆嗦。

老董同志的脸顿时黄了，汗珠子啪嗒啪嗒地落下来。

杜大爷高声说："大出血，大出血！"

麻叔骂道："放你娘的狗臭屁！你知道什么叫大出血？"

老董同志跑到自行车旁，打开那个挂在车把上的黑皮药箱子，拿出了一根铁针管子，安上了一个针头，又解开了一盒药，捏出了三支注射液。

麻叔说："老董同志，我们队里穷得叮当响，付不起药钱！"

老董同志不理麻叔的嚷嚷，管自将针剂敲破，将药液吸到针管里。

麻叔吵吵着："一头鸡巴牛，哪这么娇气？"

老董同志走到双脊的身边，很迅速地将针头扎在了它肩上。双脊连动都没动，可见这点痛苦与后腿之间的痛苦比起来，已经算不了什么。

老董同志蹲在双脊尾后，仔细地观察着。一点也不怕双脊再给他一蹄子。终于，双脊的伤口处血流变细了,变成一滴一滴了。

老董同志站起来,长长地出了一口气。

麻叔看看西斜的太阳,说:"行了,都去地里干活吧!罗汉,把牛蛋子送给你婶子去,老董同志,走吧,喝四两,压压惊。"

老董同志说:"从现在起,必须安排专人遛牛,白天黑夜都不能停,记住,千万不能让它们趴下,趴下就把伤口挤开了!"

麻叔说:"老杜,遛牛的事你负责吧!"

"牛背上搭一条麻袋,防止受凉;记住,千万不能让它们趴下!"老董同志指指双脊,说,"尤其是这头!"

"走吧,您就把心放到肚皮里去吧!"麻叔拉着老董同志的胳膊,回头骂我,"兔崽子,我让你干什么了?你还在这里磨蹭!"

我抱起那六个血淋淋的牛蛋子,飞快地向麻叔家跑去。

二

我蹿到麻叔家,将牛蛋子往麻婶面前一扔,喘吁吁地说:"麻婶,麻叔给你的蛋子……"

麻婶正在院子里光着膀子洗头,被那堆在她脚下乱蹦的牛蛋子吓了一跳。她用手攥住流水的头发,眯着眼睛说:"你这个熊孩子,弄了些什么东西来?"

"麻叔的牛蛋子,"我说,"麻叔让您先把臊筋儿剔了。"

麻婶道:"恶心死了,你麻叔呢?"

我说:"立马就到,与公社兽医站的老董同志一起,要来喝酒呢!"

麻婶急忙扯过褂子披到身上,弄根毛巾擦着头发,说:"你这孩子,怎么不早说呢!老董同志可是贵客,请都请不来的!"

正说着,麻叔推着老董同志的车子进了院子。老董同志虾着腰,头往前探着,脖子很长,像只鹅;腿还有点瘸,像只瘸鹅。

麻叔大声说:"掌柜的,看看是谁来了。"

麻婶眉飞色舞地说:"哟,这不是老董同志吗,什么风把您这个大干部给刮来了?"

老董同志说:"想不到您还认识我。"

麻婶道:"怎么敢不认识呢?去年您还给俺家劁过小猪嘛!"

老董同志说:"一年不见了,您还是那样白。"

麻婶道:"我说老董同志,咱骂人也不能这个骂法,把俺扔到煤堆里,才能显出白来。"

麻叔道:"青天大白日的,你洗个什么鸡巴头?"

麻婶道:"这不是老董同志要来吗?咱得给领导留下个好印象。"

麻叔道:"洗不洗都是这副熊样子,快点把牛蛋子收拾了,我和老董同志喝两盅;还有没有鸡蛋了?最好再给我们炒上一盘鸡蛋。"

麻婶道:"鸡蛋?我要是母鸡,就给你们现下几个。"

老董同志说:"大嫂,不必麻烦。"

麻婶道:"您来了嘛,该麻烦还是要麻烦。老董同志,您先上炕坐着去,我这就收拾。"

"对对,"麻叔推着老董同志,说,"上炕,上炕。"

麻叔将老董同志推到炕上,转出来说:"罗汉,快帮你婶子拾掇。"

"陪你的客人去,别在这里添乱!"麻婶说,"罗汉,帮我从井里压点水!"

我压了两桶水。

麻婶说:"给我到墙角那儿割一把韭菜。"

我从墙角上割了一把韭菜。

麻婶说:"帮我把韭菜洗洗。"

我胡乱地洗了韭菜。

我蹲在麻婶身边,看着麻婶将那几个牛蛋子放到菜板上,用菜刀切。刀不快,切不动。麻婶把菜刀放到水缸沿上抢了几下,哧哧哧,直冒火星子。拿过来一试,果然快了许多。将牛蛋子一剖两半,发现里边筋络纵横,根本没法剔除。偏这时候麻叔敲着窗棂子叮嘱我们:"把臊筋剔净,否则没法子吃!"麻婶高声答应着:"放心,不放心自己下来弄!"麻婶低声嘟哝着:"我给你剔净?去医院把快刀刘请来也剔不净!"麻婶根本就不剔了,抡起菜刀,噼噼啪啪,将那六个牛蛋子剁成一堆肉丁。麻婶还说:"这玩意儿,让蒋介石的厨师来做也不能不臊,吃的就是这个臊味儿,你说对不对?"我连声说对。这时,麻叔又敲着窗棂催:"快点快点!"麻婶说:"好了好了,这就下锅。罗汉,你去帮我烧火。"

我到了灶前,从草旮旯里拉了一把暄草,点着了火。

麻婶用炊帚将锅子胡乱涮了几下,然后从锅后的油罐子里,提上了几滴油。香气立刻扑进了我的鼻。

这时，就听到大门外有人喊叫："队长！队长！"

我一下就听出了杜大爷的声音。

紧接着杜大爷就拉着牛缰绳进了大门，那三头刚受了酷刑的牛并排着挤在门外，都仰着头，软着身体，随时想坐下去的样子。

麻叔从炕上跳下来，冲到院子里，道："干什么？你想干什么？"

老董同志也跟着跑到院子里，关切地问："有情况吗？"

杜大爷不搭老董同志的话茬儿，对着麻叔发牢骚："队长大人，您只管自己吃香的喝辣的，我呢？"

麻叔道："老杜，您这把子年纪了，怎么像个小孩子似的不懂事？国家还有个礼宾司宴请宾客，乔冠华请基辛格吃饭，难道你也要去作陪？"

"我根本不是这个意思！"杜大爷焦急地说。

"你不是这个意思是什么意思？"麻叔问。

杜大爷说："老董同志反复交代不能让它们趴下尤其不能让双脊趴下对不对？一趴下伤口就要挣开对不对？伤口挣开了就好不了对不对？可它们就想趴下，我牵着它们它们都要往下趴，我一离开它们马上就趴下了。"

麻叔道："那你就不要离开嘛！"

杜大爷说："那我总要回家吃饭吧？我不去陪着董同志吃牛蛋子总得回家吃块地瓜吧？再说了，生产队里那十三头母牛总要喂吧？我也总得睡点觉吧？……"

"明白了明白了，你什么也甭说了，党不会亏待你的。"麻叔在院子里大声喊，"罗汉，给你个美差，跟杜大爷遛牛去，给你记整劳力的工分。"

麻婶将牛蛋子下到油锅里。锅子里吱吱啦啦地响着，臊气和香气直冲房顶。

"罗汉，你听到了没有？"麻叔在院子里大叫。

麻婶悄悄地说："去吧，我给你留出一碗，天黑了我就去叫你。"

我起身到了院子里，看到红日已经西沉。

三

杜大爷将牛们交给我，转身就走。我追着他的背影喊："大爷，您快点，我也没吃饭！"杜大爷连头也不回。

我看看三头倒了血霉的牛。它们也看着我。它们水汪汪的眼睛里流露出深刻的悲哀。它们这一辈子再也不用往母牛背上跨了。双脊还算好,留下了一群后代;两个鲁西就算断子绝孙了。我看到它们的眼睛里除了悲哀之外,还有一种闪闪发光的感情。我猜想那是对人类的仇恨。我有点害怕。我牵着它们往前走时,它们完全可能在后边给我一下子,尽管它们身负重伤,但要把我顶一个半死不活还是很容易。于是我对它们说:"伙计,今日这事,你们可不能怨我,咱们是老朋友了,去年冬天,冰天雪地,滴水成冰,咱们在东北洼里同患过难。如果我有权,绝对不会阉你们……"在我的表白声中,我看到牛们的眼里流出了对我的理解。它们泪水盈眶,大声地抽泣着。我摸摸它们的脑门,确实感到非常同情它们。我说:"鲁西,双脊,为了你们的小命,咱们还是走走吧。"我听到鲁西说:"蛋子都给人骗了去了,活着还有什么意思?"我说:"伙计们,千万别这样想,俗话说得好,'好死不如赖活着',咱们还是走吧……"我拉着牛们,沿着麻叔家的胡同,往河沿那边走去。

我们一行遛到河边时,太阳已经落山,西天上残留着一抹红云,让我想起双脊后腿上那些血。河堤上生长着很多黑压压的槐树,正是槐花怒放的季节,香气扑鼻,熏得我头晕。槐花原有两种,一种雪白,一种粉红,但它们现在都被晚霞映成了血红。

我牵着牛们在晚霞里漫步,在槐花的闷香里头晕。但我的心情很不愉快。牛比我更不愉快。我时刻挂念着麻婶锅里的牛蛋子。那玩意儿尽管臊一点,但毕竟是肉。而我还是在五年前姐姐出嫁时偷吃过一碗肥猪肉。我不愉快是因为吃不到牛蛋子,牛不愉快是因为丢了牛蛋子。我们有那么点同病相怜的意思。

　　暮色已经十分地苍茫了,杜大爷还不见踪影。我跟这个老家伙共同放牛半年多,对他的恶劣品质十分了解。他经常把田鼠洞里的粮食挖出来,装进自己的口袋,他还说要把他的小女儿嫁给我做媳妇,骗得我像只走狗一样听他招呼。他家紧靠着河堤的那块菜园子里,洒满了我的汗水。那园子里长着九畦韭菜,每一茬都能卖几十元钱。春天第一茬卖得还要多。想着杜大爷家的菜园子,我就到了杜大爷家的菜园子。园子边上长着一圈生气蓬勃的泡桐树,据说是从焦裕禄当书记的那个兰考县引进的优良品种。那九畦韭菜已有半尺高,马上就该开镰上市了。我一眼就看到杜大爷正弯着腰往韭菜畦里淋大粪汤子,人粪尿是公共财产,归生产队所有,但杜大爷明目张胆地将大粪汤子往自留园里淋。他依仗什么?依仗着他大女婿是公社食堂里的炊事员。他大女婿瘦得像一只螳螂。据说前几任炊事员刚到公社食堂时都很瘦，但不到一年，身体就像用气吹起来一样，胖得走了形。公社书记很生气，说食堂里的好东西全被炊事员偷吃了。所以那些很快胖起来的炊事员都被书记给撵了，唯有杜大爷的女婿干了好几年还是那样瘦，书记就说这个炊事员嘴不馋。杜大爷私下里对我说，其实，他这个瘦女婿饭量极大，每顿饭能吃三个馒头外加一碗大肥肉。啥叫肚福？杜大爷说，我那女婿就叫肚福，吃一辈子大鱼大肉，没枉来人世走一趟……我满腹牢骚，刚想开口喊叫，就看到杜大爷的小女儿，名叫五花的，挑着两桶水，从河堤上飘飘扬扬地飞下来了。

杜大爷就是将她暗中许配给了我，我也围绕着她做了许许多多的美梦。有一次我从麻叔的衣袋里捡了两毛钱，到供销社里买了二十块水果糖，我自己只舍得吃了两块，将剩下的十八块全部送给了她。她吃着我送的糖，恣得咯咯笑，但当我摸了她一下胸脯时，她却毫不犹豫地对着我的肚子捅了一拳，打得我一屁股坐在了地上。她说："毛都没扎全的个小东西，也想好事儿！"我越想越感到冤枉，白送了十八块水果糖，还挨了一个窝心拳。全世界再也找不到比我更傻的人了。我哭着说："你还我的糖……还我的糖……"她啐了我一脸糖水，说："拉出的屎还想夹回去？送给人家的东西还能要回去？"我说："你不还我的糖也可以，但你要让我摸摸你！"她说："回家摸你姐去！"我说："我不想摸我姐，我就想摸你！"她说："你说你这样一丁点大个屁孩子，就开始耍流氓，长大了还得了？"我说："你不让我摸就还我的糖！"她说："你这个熊孩子，真黏人！"她往四下里看了看，低声说："非要摸？"我点点头，因为这时我已经激动得说不出话来了。她隐到一棵大槐树后，双手按着棉袄的衣角，不耐烦地说："要摸就快点。"我战战兢兢地伸过手去……她说："行了行了！"我说："不行。"她一把推开我，说："去你的吧，你已经够了本了！"她说："今晚上的事，你要敢告诉别人，我就撕烂你的嘴！"我说："其实，你爹已经将你许给我做老婆了。"她愣了一下，突然捂着嘴巴笑起来。我说："你笑什么？这是真的，不信你回家问你爹去。"她说："就你这个小东西？"我突然想起麻婶讲过的一个大媳妇小女婿的故事，就引用了故事中的几句话，我说："秤砣虽小坠千斤，胡椒虽小辣人心，别看今天我人小，转眼就能成大人！"她说："这是谁教你的？"我说："你甭管。"她说："那好，你就慢慢地长着吧，什么时候长大了，就来娶我。"讲完这话她就走了。

这件事过去不久就发生了一件让我痛苦不堪的事。说好了等我长大娶她的杜五花竟然跟邻村的小木匠订了婚。小木匠个头比我高不了多少，他龇着一口黑牙，头上生了七个毛旋，所以他的头发永远乱糟糟的。这家伙经常背着一张锯子一把斧头到我们村里来买树。他的耳朵上经常夹着一支铅笔，很有风度。我猜想杜五花很可能因为他的耳朵上夹铅笔才与他订婚。杜五花订婚那天，村里很多人围在她家门口，等着看热闹。我也混迹其中。我听到那些老娘们在一起议论，说老杜家的闺女个个胖头大脸，所以个个都是洪福齐天。老大嫁给公社的炊事员，天天跟着吃大鱼大肉。老二嫁给了东北大兴安岭的林业工人，回来走娘家两口子都戴着狐狸皮帽子，穿着条绒裤子，平绒褂子。老三嫁给县公安局的狼狗饲养员，虽有个不好听的外号叫"狗剩"，但狼狗吃剩的是肉。老四更牛，嫁给了公社屠宰组组长宋五轮，宋手里天天攥着几十张肉票，走到哪里都像香香蛋似的。老五嫁给小木匠，那孩子一看就是个捞钱的耙子。正说着，小木匠家订婚的队伍来了。我的天，一溜四辆"大金鹿"牌自行车，每辆自行车后驮着三个大筻筻，筻筻上都蒙着红包袱。车子一停，老娘们呼啦啦围上去，掀开包袱，看到了那些庞大的馒头，馒头白得像雪，上边还点着红点儿。杜大爷和杜大娘都穿得时时务务地迎出来，对着小木匠家的人嬉皮笑脸。我就想着看看杜五花是个什么表现，但她隐藏得很深，像美蒋特务一样。后来还听人家说，小木匠家送给了杜五花三套衣服，其中有一套条绒，一套平绒，一套"凡尼丁"。还有三双尼龙袜子，其中一双是红色，一双是蓝色，还有一双是紫色。三条腰带，其中一条是牛皮的，一条是猪皮的，还有一条是人造革的。还说杜五花对着小木匠的爹羞羞答答地叫了一声爹，小木匠的爹就送给了她一百元钱。听到这些惊人的财富，我原本愤愤不平的心平静了许多。我想如果我是杜五花，我也会毫不犹豫地嫁给小木匠。

现在，我的前未婚妻杜五花挑着两桶水像一个老鹞子似的从河堤上飞下来了。她什么都大。大头，大脸，大嘴，大眼，大手大脚。她的确能一巴掌将我扇得满地摸草。她的确能一脚将我踢出两丈远。我要娶她做老婆，弄不好会被她打死。但我的心里对她的处处都大的身体充满了感情。因为她曾是我的未婚妻。那时候她有一个外号叫"六百工分"，其实她一年能挣三千多工分。她是我们生产队里挣工分最多的妇女。她还有一个外号叫"三大"，当然不是指大鸣、大放、大字报，据说是指她的大头、大腚、大奶奶。我不喜欢她这个外号，我知道她也很反感这个外号。她与小木匠订婚后，我在河边遇到她时，曾恶狠狠地喊了一声"三大"。她举着扁担追了我足有三里路。幸亏我从小爬树上房，练出了两条兔子腿，才没被她追上。我知道，那天我要被她追上，基本上是性命难保。后来她见了我就横眉立目，我见了她就点头哈腰。

她挑着水飞到我身边，说："小罗汉，你在这里转什么？是不是想偷俺们家的韭菜？"

我说："稀罕你们家这几畦烂韭菜！"

她说："不稀罕你在这里转悠什么？"

我说："我来找你那个老浑蛋的爹！"

她顾不上回答我的话挑着水就飞进了菜园子。她家的韭菜马上就要开镰了我知道，每次开镰前她家就没死没活地往韭菜畦里灌水，为的是增加韭菜的分量。我看到她扁担不用下肩就将两桶水倒进了韭菜畦，这家伙真是山大柴广力大无穷。她挑着水桶昂首挺胸地从我面前过，我拉着牛横断了胡同，挡住了她的去路。她瞪着眼睛说："闪开！"我瞪着她的眼睛说："我给生产队里遛牛，你搞资本主义，凭什么要我给你让路？"她说："小罗汉，知道你肚子里那个小九九，你也不撒泡尿照照自己，这怎么可能呢？"我说："自从你跟小木匠订了婚，我发现你越来越丑。"她说："我原来就不俊，你才发现？"我说："你嘴唇上还长出了一层黑胡子！"她摸摸嘴唇，无声地笑了。然后她低声说："我丑，我嘴唇上长了胡子，我是'三大'，行了吧？放我过去吧？"我说："你骗了我……你说好了等我长大了跟我结婚的……"说完了这话，我的眼泪竟然夺眶而出。我原本是想伪装出一点难过的样子，趁机再占她点便宜什么的，没想到眼泪真的出来了，而且还源源不断。这时我听到从她宽广的胸脯里发出一声深沉的叹息，随着这声叹息，她的脸上显出了一丝温柔的神情。她立刻变得美丽无比，在我的眼里。她迷迷瞪瞪地说："小罗汉，小罗汉，你真是人小鬼大……让我说你什么好呢？你怎么不想想，等你长大了，我就老成白毛精了……"我说："好姐姐，好'三大'……你跟小木匠订婚是完全正确的决定，就冲着那些大白馒头你也该跟他订婚，可是你为什么不给我一个馒头吃呢？"她笑道："吃了馒头你就不生气了吗？"我说："是的，吃了馒头我很可能就不生气了。"她说："那好办，咱们一言为定。"我说："我还想……""你还想干什么？"她瞪着我说，"你别踩着鼻子上脸。"我说："我还想摸你一下……"

她说:"那你去找小木匠商量一下吧,现在我身上的东西都归他管,只要他同意,我就让你摸。"我说:"我怎么敢去找他?"她说:"我谅你也不敢去,他那把小斧头比风还要快,一下就能把你的狗爪子剁下来!"

"五花,你不快点挑水,在那儿嘀咕什么?"杜大爷直起腰,气哄哄地喊叫。

"杜大爷,是我,"我高声说,"你光顾了搞资本主义,把三头牛扔给我,像话吗?您这是欺负小孩!"

杜大爷说:"罗汉,你再坚持一会儿,等我吃了饭就去换你。"

我说:"我从中午就没吃饭,肚皮早就贴到脊梁骨上了!"

杜大爷说:"咱爷俩谁跟谁?放了一冬半春的牛,老交情了,你多遛一会儿,吃不了亏。"

我心里话:老东西,还想用花言巧语来蒙我?我可不上你的当。于是我扔下牛缰绳,说:"双脊可是马上就要趴下了,死了牛,看看队长找谁算账!"

我这一招把杜大爷激得像猴子一样从菜园子里蹦出来。他说:"罗汉罗汉,你可别这样!"

杜大爷将牛缰绳捡起来,交到我手里,说:"你先遛着,我这就回家吃饭。"

杜大爷回家去了。

五花冷冷地说："你对我爹这样的态度，还想摸我？"

我说："你如果让我摸你，我能对你爹这样的态度？"

四

我们拉着疲乏至极的牛，在麻叔家那条胡同里转来转去。转到麻叔家大门口时，我们总是不约而同地停住脚步，竖起耳朵，听着屋子里的动静。杜大爷的眼睛在昏暗中闪闪发光。他哧哄着鼻子，说："香，真他奶奶的香！"

我确实也闻到了一股香气，是不是炒牛蛋子的香气我拿不准。但除了炒牛蛋子的香气还能有炒什么的香气呢？

我把鲁西们的缰绳扔给他就往麻叔家里跑，我什么都忘了也不能把麻婶许给我的那碗牛蛋子忘了。麻婶说给我留出一碗，还说等天黑了就来叫我。但现在天黑了许久，她也没来叫我。我何必等她来叫我？想吃牛蛋子我还等人家来叫我？我怎么这么大的架子？我要是现在不借机冲进去,那碗牛蛋子很可能就要被不知道什么人吃掉了。

杜大爷不但没接我扔给他的牛缰绳,连他自己手里的牛缰绳也扔掉了。他扯住我的胳膊,怒冲冲地问:"你想到哪里去?"

我说:"我进去看看麻婶在家炒什么东西。"

"那也轮不到你去看,"杜大爷说,"要看也得我去看。"

"凭什么要你进去看?"我努力往外挣着胳膊,大声说。

"我比你年纪大,"杜大爷说,"我还有事要向队长请示。"

杜大爷把我推到牛头前,说:"好生看着,别让它们趴下!"然后他就虎虎地闯进麻叔家院子里去了。

我感到一股怒火直冲头顶。我仿佛看到老杜把那碗本来属于我的牛蛋子吞到了他肚里。大小鲁西,双脊,你们这三头丢了蛋子的牛,你们愿意趴下就趴下吧!你们不怕把伤口挣开你们就趴下吧!你们活够了就趴下吧!我是村子里恶名昭著的不良少年,我可不能把属于我的美味佳肴让老杜抢去。我扔了牛,悄悄地进了院子。但我毕竟怕麻叔,不敢硬往里闯。我需要观察。我避开灶间门口射出的光线，弯着腰摸到那扇透出光明的木格子窗前。窗棂上蒙着白纸。我仿照故事里说的，伸出舌尖，舔破了窗纸。我从这个小洞眼里看进去。我首先看到的当然是那张红木炕桌上摆着的盘子。炕桌上摆着三个盘子，一个盘子里残留着一点韭菜炒牛蛋子。第二个盘子里残留着一点韭菜炒牛蛋子。第三个盘子里还剩下小半盘韭菜炒牛蛋子。除了这三个盘子，炕桌上还有两个绿色的酒盅子。除了这两个绿色的酒盅子，还有两双红色的筷子。桌子上还放着一个盛过农药的绿瓶子。当然现在这瓶子里盛的不是农药而是烧酒。那时候我们喜欢用盛过农药的瓶子装酒。我们用完了农药就把药瓶子扔到河里泡着，泡个三五天我们就把瓶子提上来装酒。麻叔说用这种药瓶子装酒特别香。炕上，麻叔与老董同志对面而坐，中间隔着一张红木炕桌。那张红木桌子像茄子皮一样发亮。这是麻婶与麻叔结婚时，麻婶带过来的嫁妆。这炕桌是麻叔家的镇家之宝，除非来了贵客，否则决不会往外搬。我心里想老董同志您的面子可是不小哇！在麻叔这边，麻婶侧着身子坐在炕沿上。她的嘴上油嘟漉的，看样子她也用麻叔的筷子吃了一点。她的脸上红扑扑的，看样子她也就着麻叔的酒盅子喝了一点。最后，我不得不看到了坐在炕前长条凳上那个坏蛋老杜。那个明明说把他的女儿杜五花许配给我做老婆但却食言让杜五花跟邻村小木匠订了婚的老浑蛋杜玉民。杜玉民是他的官名,但我们根本不叫他杜玉民,我们叫他杜鲁门。杜鲁门坐在条凳上,双手扶住膝盖,腰板挺得笔直,活像个一年级小学生。他下巴上留着一撮花白的山羊胡子。他的脸很长,上嘴唇很短,下嘴唇很长。他的下嘴唇不但很长而且很厚。他的双眼一只大一只小。那只大眼之所以大是因为他年轻时眼皮上生过疖子。他那只小眼睛滴溜溜转,那只大眼睛却直直的不会转。他穿着一件对襟黑棉袄,当胸一排铜纽扣。他说这排铜纽扣是他的爷爷传下来的。铜纽扣闪闪发光,他的头也闪闪发光。他的厚嘴唇哆嗦着说:"老董同志,队长,我向你们报告,大小鲁西的蛋子不流血了,吃晚饭的时候,双脊的蛋子也不流血了。"

老董同志说:"好好好,只要不流血,就不会出问题了。"

老董同志的灰白色脸已经变成了紫红色脸,看样子已经喝了不少。他是公家人,不会像麻叔那样盘腿大坐。他的两条长腿别别扭扭地,一会儿伸开,一会儿蜷起。

麻婶说:"老董同志,您要是不舒服就坐着我们的枕头吧！"

老董同志说："不好意思，不好意思，那怎么好意思。"

"您客气什么呀！"麻婶说着，从炕头上拉过一个枕头，塞在老董同志屁股下。

老董同志说："这下舒服了。"

麻叔拿起酒瓶子，给老董同志的盅子里倒满酒，说："多喝点，今日让您吃累了。"

老董同志端起酒盅，吱的一声，就把酒吸干了。

杜鲁门舔舔嘴唇，说："队长，我有个建议。"

麻叔不耐烦地说："什么建议？"

杜鲁门说："牛割了蛋子，是大手术，我建议弄点麸皮豆饼泡点水饮饮它们，给它们加点营养，让它们好得快点……"

麻叔说："你站着说话不腰疼，麸皮，豆饼，能从天上掉下来吗？队里穷得连点灯油都打不起了。"

杜鲁门说："老董同志您说，割了蛋子的牛要不要补补营养？"

老董同志看看麻叔，说："有条件嘛，当然补补好；没有条件，也就算了。牛嘛，说到底还是畜生。"

麻叔说："你还有事吗？没事就去遛牛吧，罗汉那皮猴子精，靠不住。"

"我这就走。"杜鲁门站起来，突然想起来了似的说："你看你看，光顾了说话，差点把要紧的事给忘了。"

麻叔盯着他，好像看穿了他的心思。

"俺大闺女女婿听说咱队里阉牛，特意赶了回来。"他盯着桌上那盘牛蛋子说，"俺女婿说，公社党委陈书记最喜欢吃的就是牛蛋子，让他回来弄呢！我说，你回来得晚了，这会儿，别说六个牛蛋子，就是六十个牛蛋子也进了队长的肚子了！俺女婿怕回去挨训，我说，你就说队里把那牛蛋子送给烈属张大爷吃了，陈书记心里不高兴，也不好说什么了不是？俺女婿说，爹，您真有办法。俺女婿让我来告诉你们，做牛蛋子，应该加点醋，再加点酒，还要加点葱，加点姜，如果有花椒茴香最好也加一点，这样，即便是不剔臊筋也不会臊。如果不加这些调料，即便把臊筋剔了，也还是个臊。"他从老董同志面前拿起一根筷子，点点戳戳着盘子里的牛蛋子块儿，说："你们只加了一点韭菜？"他又拿了一根筷子，两根筷子成了双，夹起一块牛蛋子，放到鼻子下闻了闻，说："好东西，让你们给糟蹋了，可惜啊可惜！这东西，如果能让俺女婿来做做，那滋味肯定比现在强一百倍！"他把那块牛蛋子放在鼻子下又狠狠地嗅嗅，说："臊，臊，可惜，真是可惜！"

麻婶说："杜大哥，您吃块尝尝吧，也许吃到嘴里就不臊了。"

麻叔骂麻婶道："这样的脏东西，你也好意思让杜大哥尝？杜大哥家大鱼大肉都放臭了，还喜吃这！"

杜大爷把那块牛蛋子放到盘子里，将筷子摔到老董同志面前，说："说我家把大鱼大肉放臭了是胡说，但你要说咱老杜没断了吃肉，这是真的，孬好咱还有一个干屠宰组的女婿嘛！"

老董同志说："老杜，您是我见到的最有福气的老头，公社书记的爹也享不到您这样的福！"

"托您的福，"杜大爷说着，往外走，走了两步，又回头道，"队长，我年纪大了，熬不了夜，前半夜我顶着，后半夜我可就不管了。"

麻叔说："你不管谁管？你是饲养员！"

杜大爷说："饲养员是喂牛的，不是遛牛的。"

麻叔说："我不管你这些，反正牛出了毛病我就找你。"

杜大爷说："你这是欺负老实人！"

杜大爷骂骂咧咧地走出来了。我生怕被他发现，一矮身蹲在了窗前。但他从灯下刚出来,眼前一抹黑,根本看不到我。我看到他头重脚轻地走了出去。我趁机溜到灶间,掀开锅,伸手往里一摸,果然摸到一个碗。再一摸,碗里果然有东西。我一下子就闻到了炒牛蛋子的味道。麻婶真是个重合同守信用的好人。我端着碗就蹿到院子里。这时,我听到杜大爷在大门外喊叫起来:"队长,毁了!队长,毁了!牛都趴下了!"

我可顾不了那么多了。我蹲在草垛后边的黑影里,抓起牛蛋子就往嘴里塞。我看到麻叔和老董同志急急忙忙地跑出去了。我听到麻叔大声喊叫:"罗汉!罗汉!你这个小兔崽子,跑到哪里去了?"我抓紧时间,将那些牛蛋子吞下去,当然根本就顾不上咀嚼,当然我也顾不上品尝牛蛋子是臊还是不臊。吃完了牛蛋子,我放下碗,打了一个嗝,从草垛后慢悠悠地转出来。他们在门外喊成一片,我心中暗暗得意。老杜,老杜,你这个老狐狸,今天败在我的手下了。

我一走出大门,就被麻叔捏着脖子提起来:"兔崽子,你到哪里去下蛋啦?"

我坦率地说:"我没去下蛋,我去吃牛蛋子了!"

"什么?你吃了牛蛋子?"杜大爷惊讶地说。

我说:"我当然吃了牛蛋子,我吃了满满一碗牛蛋子！"

杜大爷说:"看看吧，队长，你们是一家人，都姓管，我让他看着牛，他却去吃了一碗牛蛋子，让这些牛全都趴在了地上，不死牛便罢，死了牛我一点责任都没有！老董同志您可要给我作证。"

老董同志焦急地说:"别说了，赶快把牛抬起来。"

我看着他们哼哼哈哈地抬牛。抬起鲁西，趴下双脊；拉起双脊，趴下鲁西。折腾了好久，才把它们全都弄起来。

老董同志划火照看着牛的伤口，我看到黑血凝成的块子像葡萄一样从双脊的肿胀的蛋子皮里挤出来。老董同志站直腰，打了一个难听又难闻的嗝，身体摇晃着说:"老天保佑，还好，是淤血，说不定还有好处，挤出来有好处，留在皮囊里也是麻烦，不过，我要告诉你们，郑重其事地告诉你们，千万千万，不能让它们趴下了，如果再让它们趴下，非出大事不可。老管，您这个当队长的必须亲自靠上！干工作就是这样，抓而不紧，等于不抓……"

麻叔说:"您放心，我靠上，我紧紧地抓住不放！"

五

麻叔根本没有靠上，当然也就没有抓住不放。送走了骑着车子像瞎鹿一样乱闯的老董同志，他就扶着墙撒尿。杜大爷说："队长，我白天要喂牛，还要打扫牛栏，您不能让我整夜遛牛！"

麻叔转回头，乜乜斜斜地说："你不遛谁遛？难道还要我亲自去遛？别以为你有几个女婿在公社里混事就忘了自己姓甚名谁。杀猪的，做饭的，搁在解放前都是下三滥，现在却都人五人六起来了！"

杜大爷冷冷地说："你的意思是说现在不如解放前？！"

麻叔道："谁说现在不如解放前？老子三代贫农，苦大仇深，解放前泡在苦水里，解放后泡在糖水里，我会说现在不如解放前？这种话，只有你这种老中农才会说，别忘了你们是团结对象，老子们才是革命的基本力量！毛主席说'没有贫农便没有革命'，你明白吗？"

杜大爷锐气顿减，低声道："我也是为了集体着想，这三头公牛重要，那十三头母牛也重要……"

麻叔说："什么重要不重要的，你把我绕糊涂了，有问题明天解决!"

麻叔进了院子,咣当一声就把大门关上了。

杜大爷对着大门吐了一口唾沫,低声骂道:"麻子,你断子绝孙!"

我说:"好啊,你竟敢骂我麻叔!"

杜大爷说:"我骂他了,我就骂他了,麻子你断子绝孙,不得好死!怎么着,你告诉他去吧!"

杜大爷牵着双脊,艰难地往前走去。双脊一瘸一拐,摇摇晃晃,像一个快要死的老头子。想起它在东北洼里骑母牛时那股生龙活虎的劲头,我的心里感到很不是滋味。

我拉着大小鲁西跟在双脊尾后,我的头脸距双脊的尾巴很近。我的鼻子与双脊的脊梁在一条水平线上,我的双眼能越过它的弓起了的背看到杜大爷的背。

我们默默无声地挪到了河堤边上,槐花的香气在暗夜里像雾一样地弥漫,熏得我连连打喷嚏。双脊也连打了几个喷嚏。我打喷嚏没有什么痛苦,甚至还有那么一点精神振奋的意思,但双脊打喷嚏却痛苦万分。因为它一打喷嚏免不了全身肌肉收缩,势必牵连着伤口疼痛。我看到它每打一个喷嚏就把背弓一弓,弓得像单峰骆驼似的。

杜大爷不理我，都是那碗牛蛋子闹的，我完全能够理解他的心情。他把双脊拉到一棵槐树前，把缰绳高高地拴在了树干上。为了防止双脊趴下，他把缰绳留得很短。双脊仰着脖子，仿佛被吊在了树上。我不由得佩服他的聪明，这样一个简单的办法，我怎么想不出呢？我学着他的样子，将大小鲁西高高地拴在另一棵槐树上。我也获得了自由。我说："杜大爷，您的脑子可真好用！"

杜大爷蹲在河堤的慢坡上，冷冷地说："我的脑子再好用，也比不上你老人家的脑子好用！"

我说："杜大爷，我今年才十四岁，您可不能叫我老人家！"

杜大爷说："您不是老人家谁是老人家？难道我是老人家？我是老人家我连一块牛蛋子都没捞到吃，你不是老人家你他妈的吃了一碗牛蛋子！这算什么世道？太不公平了！"

为了安定他的情绪，我说："杜大爷，您真的以为我吃了一碗牛蛋子？我是编瞎话骗您呐！"

"你没吃一碗牛蛋子？"杜大爷惊喜地问。

我说："您老人家也不想想，麻叔像只饿狼，老董同志像只猛虎，别说六只牛蛋子，就是六十只牛蛋子，也不够他们吃的。"

杜大爷说:"那盘子里分明还剩下半盘嘛!"

我说:"您看不出来?那是他们给麻婶留的。"

杜大爷说:"你这个小兔崽子的话,我从来都是半信半疑。"

但我知道他已经相信我也没吃到牛蛋子,我从他的喘息声中得知他的心里得到了平衡。他从怀里摸出烟锅,装上烟,用那个散发着浓厚汽油味的打火机打着火。辛辣的烟味如同尖刀,刺破了槐花的香气。夜已经有点深了,村子里的灯火都熄灭了。天上没有月亮,但星星很多。银河有点灿烂,有流星滑过银河。河里的流水声越过河堤进入我们的耳朵,像玻璃一样明亮。槐花团团簇簇,好像一树树的活物。南风轻柔,抚摸着我的脸。四月的夜真是舒服,但我想起了地肥水美的杜五花,又感到四月的夜真真令人烦恼。大小鲁西呼吸平静,双脊呼吸重浊。它们的肚子里咕噜咕噜响着。我的肚子也咕噜咕噜响着。因为我跟牛打交道太多,所以我也学会了反刍的本领。刚才吞下去的牛蛋子泛上来了,我本来应该慢慢地咀嚼,细细品尝它们的滋味,但我生怕被比猴子还要精的杜大爷闻到,所以我就把它们强压回去。我的心里很得意,这感觉就像在大家都断了食时，我还藏着一碗肉一样。现在我不能反刍。我往杜大爷身边靠了靠，说："大爷，能给我一袋烟抽吗？"

他说："你一个小孩子，抽什么烟？"

我说："才刚你还叫我老人家，怎么转眼就说我是小孩子了呢？"

"刚才是刚才，现在是现在，人呐，只能什么时候说什么时候的话！"他把烟锅子往鞋底上磕磕，愤愤不平地说，"退回二十年去，别说他娘的几个臊乎乎的牛蛋子，成盘的肥猪肉摆在我的面前，我也不会馋！"

我说："杜大爷，您又吹大牛啦！"

"我用得着在你这个兔崽子面前吹牛？"杜大爷说，"我对你说吧，那时候，每逢马桑集，我爹最少要割五斤肉，老秤五斤，顶现在七斤还要多，不割肉，必买鱼，青鱼，巴鱼，黄花鱼，披毛鱼，墨斗鱼……那时候，马桑镇的鱼市有三里长，槐花开放时，正是鳞刀鱼上市的季节，街两边白晃晃的，耀得人不敢睁眼。大对虾两个一对，用竹签子插着，一对半斤，两对一斤，一对大虾只卖两个铜板。那时候，想吃啥就有啥，只要你有钱。现在，你有钱也没处去买那样大的虾，那样厚的鳞刀鱼，嗨，好东西都弄到哪里去了？好东西都被什么人吃了？俺大女婿说好东西都出了口了，你说中国人怎么这样傻？好东西不留着自己吃，出什么口？出口换钱，可换回来的钱弄到哪里去了？其实都是在糊弄咱这些老百姓。可咱老百姓也不是那么好糊弄的。大家嘴里不说，可这心里就像明镜似的。现在，这么大个公社，四十多个大队，几百个小队，七八万口子人，一个集才杀一头猪，那点猪肉还不够公社干部吃的。可过去，咱马桑镇的肉市，光杀猪的肉案子就有三十多台，还有那些杀牛的，杀驴的，杀狗的，你说你想吃什么吧。那时候的牛，大肉牛，用地瓜、豆饼催得油光水滑，走起来晃晃荡荡，好似一座肉山，一头牛能出一千多斤肉。那牛肉肥的，肉膘子有三指厚，那肉，一方一方的，简直就像豆腐，放到锅里煮，一滚就烂，花五个铜子，买上一斤热牛肉，打上四两高粱酒，往凳子上一坐，喝着吃着，听着声，看着景，你想想吧，那是个什么滋味……"

我咽了一口唾液，说："杜大爷，您是编瞎话骗我吧？旧社会真有那么好？"

杜大爷说："你这孩子，谁跟你说旧社会好了？我只是跟你说吃肥牛肉喝热烧酒的滋味好。"

我问："你吃肥牛肉喝热烧酒是不是在旧社会？"

他说："那……那……好像是旧社会……"

我说:"那么,你说吃肥牛肉喝热烧酒好就等于说旧社会好!"

他恼怒地蹦起来:"你这个熊孩子,这不是画了个圈让我往里跳吗!"

我说:"不是我画了圈让你往里跳,是你的阶级立场有问题!"

他小心翼翼地问:"小爷们,您给我批讲批讲,什么叫阶级立场?"

我说:"你连阶级立场都不懂?"

他说:"我是不懂。"

我说:"这阶级立场嘛……反正是,旧社会没有好东西,新社会都是好东西;贫下中农没有坏东西,不是贫下中农没有好东西。明白了吗?"

他说:"明白了明白了,不过……那时候的肉鱼什么的确实比现在多……"

我说:"比现在多贫下中农也捞不到吃,都被地主富农吃了。"

"小爷们,你这可是瞎说,有些地主富农还真舍不得吃,有些老贫农还真舍得吃。比如说方老七家,老婆孩子连条囫囵裤子都没有,可就是好吃,打下粮食来,赶紧着粜,换来钱买鱼买肉,把粮食糟光了,就下南山去讨饭。"

我说:"你这是造谣污蔑老贫农!"

他说:"是是是,我造谣,我造谣。"

我们并排坐着,不言语了。夜气浓重,而且还有了雾。河里传来蛤蟆的叫声。

他自言自语道:"蛤蟆打哇哇,再有三十天就吃上新麦子面了……新麦子面多筋道哇,包饺子好吃,擀面条好吃,烙饼好吃,蒸馒头也好吃……那新馒头白白的,暄暄的,掰开有股清香味儿,能把人吃醉了……"

我说:"杜大爷,求您别说吃的了!您越说,我越饿!"

"不说了,不说了。"他点上一锅烟,闷闷地抽着,烟锅一明一暗,照着他的老脸。

我打了个长长的哈欠。

他也打了个长长的哈欠。

"罗汉,咱不能这样傻,"他说,"反正咱不让牛趴下就行了,你说对不对?"

我说:"对呀!"

他说:"那咱们俩为什么不轮班睡觉呢?"

"万一它们趴下呢?"我担心地说。

他站起来检查了一下牛缰绳,说:"没事,我敢保证没事。缰绳断不了，它们就趴不下。"

我说："那我先回家睡去了。"

他说："你这个小青年觉悟太低了，我今年六十八了，比你爷爷还大一岁，你好意思先回去睡？"

我说："你这个老头觉悟也不高，你都六十八了，还睡什么觉？"

他说："那好吧，我出个题给你算，你要是能算出来，你就回家睡觉，你要是算不出来，我就回家睡觉。"

不等我答应，他就说开了："东南劳山松树多，一共三万六千棵，一棵树上九个杈，一个杈里九个窝，一个窝里九个蛋，一个蛋里九个雀，你给我算算一共有多少个雀？"

上学时我一听算术就头痛。十以内的数我掰着手指头还能算个八九不离十，超过了十我就犯糊涂。杜老头子开口就是上万，我如何能算清？再说了，我要能把这样大的数算清楚，我还用得着半夜三更来遛牛吗？

我说："杜老头，你别来这一套，我算不清，算清了我也不算，我凭什么要费那么多脑子？"

杜大爷叹息道："现如今的孩子怎么都这样了？一点亏都不吃。"

我说:"现如今的老头也不吃亏!"

杜大爷说:"碰上你这个小杂种算是碰上对手了。好吧,咱都不睡,就在这里熬着。"

杜大爷一屁股坐在地上,吧嗒吧嗒地抽烟。

我背靠着一棵槐树坐下,仰着脸数天上的星星。

六

在朦胧中,我听到三头小公牛骂声不绝。它们的大嘴一开一合,把凉森森的唾沫喷到我的脸上。大小鲁西骂了我几句就不骂了,双脊却不依不饶,怒气冲天。它说:你这个小杂种,我与你无怨无仇,你为什么说我把十三头母牛都跨了一遍?你让老董同志下那样的狠手,把我的蛋子骟了。你不但让老董同志把我的蛋子骟了,你还把我的蛋子吃了。大小鲁西帮腔道:他把我们的蛋子也吃了。双脊说:想不到啊想不到想不到你这个小杂种是如此的残忍。我大喊冤枉,但我的喉咙被一团牛毛堵住了,死活喊不出声来。双脊对大小鲁西说:伙计,咱们这辈子就这么着了,虽然活着,但丢了蛋子,活着也跟死了差不了。咱们以前怕这小杂种,现在还有什么可怕的?大小鲁西说:的确没有什么好怕的了。双脊说：既然没有什么好怕的了，那咱就把这小杂种顶死算了，咱们不能白白地让这小杂种把咱们的蛋子吃了。大鲁西道：兄弟们，你们有没有感觉？当他吃我们的蛋子时，我的蛋子像被刀子割着似的痛。我真纳闷，明明地看到他们把我们的蛋子给摘走了，怎么还能感到蛋子痛呢？双脊和小鲁西说：我们也感觉到痛。双脊说：他们不仁，我们也不必讲义。我看咱们先把这个小杂种的肠子挑出来，然后咱们再去跟麻子他们算账。我把身体死劲地往树干上靠着，眼睛里充满了泪水。我大喊，但只能发出像蚊子嗡嗡一样小的声音。我说：牛大哥，我冤枉啊……我也是没有法子呀……队长让我干，我不能不干……双脊，双脊您难道忘了？去年冬天我用我奶奶那把破木梳子，把你全身的毛梳了一遍，我从你身上刮下来的虱子，没有一斤也有半斤；大鲁西，小鲁西，我也帮你们梳过毛，拿过虱子，如果没有我，你们早就被虱子咬死了……你们当时都对我千恩万谢，双脊你还一个劲地用舌头舔我的手……你们不能忘恩负义啊……我的声音虽然细微但它们听到了。我看到它们通红的眼睛里流露出了一丝温情。我抓紧时机，摇动三寸不烂之舌，尽拣那些怀念旧情的话说。我看到它们交换了一下眼神，好像有放过我的意思。我说：牛兄弟们，只要你们饶了我，我这辈子不会忘了你们，等我将来有了权，一定把最好的草料给你们三个吃。我保证不让你们下地干活，夏天我给你们扇扇子，冬天我给你们缝棉衣。我要让你们成为世界上最幸福的牛，最最幸福的牛……在我的甜言蜜语中，我看到大小鲁西的眼睛里流出了泪水。双脊说：我们不用你扇扇子，你也不可能给我们扇扇子；我们不用你缝棉袄，你也不可能给我们缝棉袄。你自己都找不到个人给你缝棉袄。你的好话说得过了头，所以让我听出了你的虚伪。你的目的就是花言巧语地蒙混过关，然后你撒开兔子腿，跑一个踪影不见。我说：牛大哥呀，村里人说话说了算，一片真心可对天。双脊道：你甭给俺唱戏文，您这几句俺们从小就听。接下来是"擒龙跟你下大海，打虎跟你上高山"，对不对？我连声说对。双脊对大小鲁西说：伙计们，趁着天还没亮，咱把这个小杂种收拾了吧！它们竖起铁角，对准我的肚皮顶了过来。我怪叫一声，睁开眼，看到一轮红日已从河堤后边升起来。

一轮红日从河堤后边升起来，耀得我眼前一片金花花。我搓搓眼，看着眼前的情景，不由得叫了一声：我的娘哟，三头牛都趴在了地上，尽管缰绳没断，但它们把脖子抻得长长的与树干并直，龇着牙咧着嘴翻着白眼，好像三个吊死鬼。我更加仔细地看了一眼，它们的身体的的确确是趴在了地上。我不顾被夜露打湿了的身体又僵又麻，蹦起来，跳过去，拉牛缰绳。牛缰绳挺得棒硬，如何拉得动？拉不动我就踢它们的屁股，我踢它们的屁股它们毫无反应。我的心里一片灰白。我想坏了事了，这三个牛死了。这三个牛一定是趁着我睡着了时，商量了商量，集体自杀了。它们这辈子不能结婚娶媳妇，所以它们集体上了吊。这时我就想起了杜大爷，这老东西趁我睡着了竟然偷偷地跑了。他想把死牛的责任推到我身上。我心中顿时充满了对杜大爷的恨，忘了我对杜五花的爱。杜鲁门！杜鲁门！我明知杜鲁门不可能听到我的喊叫，但我还是大声喊叫。杜鲁门我饶不了你！如果杜鲁门此时在我眼前，我会像狼一样扑上去把他咬死。三头牛其实是死在他的手里。我扑上去把他咬死实际上是替牛报仇雪恨。我撒腿往杜鲁门家跑去。

我跑到杜鲁门家的菜园子，看到杜鲁门正猴蹲在那里割韭菜。刚割了韭菜的韭菜畦就像刚剃了的头一样新鲜。他女儿杜五花也在园子里忙活。杜鲁门把韭菜捆得整整齐齐。杜五花把杜鲁门捆好的韭菜一捆捆地往水桶里放，一捆也不落地放到水桶里用水浸泡。用水浸泡过的韭菜既好看又压秤，这家人的脑子个个好用。杜五花从水桶里把韭菜提上来时韭菜真是好看极了，一串串的水珠像珍珠似的顺着韭菜梢流下来，流到水桶里，发出撒尿般的响声。往水里浸韭菜的杜五花也很好看，尽管此时我对她的爹恨得咬牙切齿，但我还是没办法不承认她的漂亮。根据我的经验，女人只要跟水一接近马上就会变漂亮。漂亮的女人跟水一接近会变得更漂亮，即便是不漂亮的女人跟水一接近也会变漂亮。譬如说女人在河里洗澡，譬如说女人在井边洗头，譬如说女人在水桶边浸泡韭菜。红太阳照耀着杜五花肉嘟嘟的四方大脸，好像一块红玻璃。她留着两条短又粗的辫子，好像两根驴尾巴。如果没有杜五花在场，我肯定会大喊：杜鲁门，王八蛋，牛死了！因为杜五花在场，我只好说："杜大爷，坏了醋了！"

杜大爷抬起头，问我："罗汉，你不在那里看着牛，跑到这里来干什么？"

我说："您快去看看吧，杜大爷，我们的牛死了……"

杜大爷像豹子一样蹿起来，问我："你说什么？"

我说，"牛死了，我们的牛死了，我们那三头牛都死了……"

"你胡说！"杜大爷弓着腰跑过来，一边跑一边说，

"你胡说什么呀,我离开时它们还活蹦乱跳,怎么一转眼就死了?"

"我也不知道它们为什么死了,看那样子,好像都是自杀。"

"你就胡编吧,我活了六十八岁,还没听说过牛还会自杀……"

杜大爷往我们拴牛的地方跑去。

杜五花问我:"罗汉,你弄什么鬼?"

我说:"谁跟你弄鬼?你爹把牛扔了不管,跑回家来搞资本主义,结果让三头牛上了吊!"

"真的?"杜五花扔掉韭菜跑过来,拉着我的手就往河堤那边跑,她的手像铁钩子一样,她的胳膊力大无穷,我几乎是脚不点地地跟着她跑,边跑她边说:"你是怎么搞的?我爹不在,不是还有你吗?"

我气喘吁吁地说:"我睡着了……"

"让你看牛你怎么能睡着呢?"她质问我。

我说:"我要不睡着你爹怎能跑回家割韭菜?"

我还想说点难听的话吓唬她,但已经到了槐树下。

杜大爷拽着缰绳想把牛拽起来,但拽不起来。我心里想,牛都死了,你怎么能把它们拽起来呢?杜大爷掀着它们的尾巴想把它们掀起来,但掀不起来。我心里想，你怎么可能把一个死牛掀起来呢？虽然他没把牛弄起来，但经他这么一折腾，我看到双脊的尾巴动弹了一下。老天爷，原来双脊还活着。既然双脊还活着，那么，大小鲁西更应该活着。果然我看到大鲁西晃了晃耳朵，小鲁西伸出舌头舔了一下鼻孔。发现三个牛都没死让我感到很高兴；发现三个牛都活着又让我感到很不高兴。那时候我正处在爱热闹的青春前期，连村子里的狗都讨厌我。我希望村子里天天放电影，但这是绝对不可能的。我希望村子里天天有人打架，但这也是绝对不可能的。我希望天天能看到红卫兵斗坏蛋，但这也是绝对不可能的。没有了上边所说的这些大热闹，那么生产队里的母牛生小牛、张光家的母狗与刘汉家的公狗交配最好能天天发生，但这也是绝对不可能的。老董同志来给牛割蛋子这样的热闹能够每天发生吗？当然也是不可能的。所以我想，如果这三头牛一起上吊自杀，这个大热闹足可以让全村轰动，而这令全村轰动的大事与我直接有关系，你想想这会让我的生活多么充实，这会让我多么令人关注，人们必定眼巴巴地望着我、盼着我讲出事情的前因后果，那会让我多么神气。可是，三个牛一个都没死。杜大爷瞪着一大一小两只眼，对着我和他女儿吼："你们俩死了吗？"

老东西这句话是什么意思呢？他让我跟他的女儿死在一起是什么意思？这话虽然不是好话，但我听出了亲近，好像我跟杜五花有着特殊关系似的。我又想其实我跟杜五花的关系就是不一般，我曾经……

"别傻站着了，帮我把牛抬起来呀！"杜大爷说。

于是我上前揪住了双脊的尾巴。杜五花一把将我搡到一边，什么也没说。她什么也没说就弯下腰，自己揪住了牛尾巴。

我上前抱住了牛脖子。

杜大爷把我推到一边，亲自抱住了牛脖子。

最后，我只好站在杜五花身边，握住了她的手腕子。

我们一齐努力，将双脊抬了起来。

我很担心把牛尾巴从牛屁股上拔下来。其实我是有点盼望着将牛尾巴从牛屁股上拔下来。能将牛尾巴从牛屁股上拔下来肯定也是一件大事，甚至会比死三个牛还热闹，但牛尾巴还在牛屁股上我们就把牛抬起来了。

抬起了双脊我们紧接着把大鲁西抬起来。

然后我们又把小鲁西抬起来。

我们把三个牛抬起来后，杜大爷马上就转到牛后，弯下腰去仔细观察。

我和杜五花也弯腰观察。

大小鲁西的蛋皮略有肿胀。

双脊的蛋皮大大肿胀，肿成了一根饱满的大口袋，比没阉之前还要饱满。颜色发红，很不美妙。而且这伙计还在发高烧。我站在它的身边就感到它的身体像一个大火炉子似的烤人。

杜大爷解开了牛缰绳。他把大小鲁西的缰绳交给我，他亲自牵着双脊的缰绳。他对五花说："你回去吧，让你娘擀一轴子杂面条，待会儿我和罗汉回去吃。"

杜五花好像不认识似的看看我，我也好像不认识似的看看她的爹。我心里想，这简直是太阳从西边升起来了。我又看看杜大爷，我看到他老人家的脸慈祥极了。我活在人世上十四年，还从来没见到过像杜大爷这样慈祥的老头。

我们拉着牛，在胡同里慢吞吞地走着。杜大爷咳嗽了几声，说："罗汉小爷们，其实，你是咱村里最有天分的孩子，他们都是狗眼看人低，我把这句话放在这里，二十年后回头看，你保证是个大人物！"

杜大爷的话我真是爱听。

他说："咱爷俩一夜都没合眼，双脊的蛋子还是肿成了这样，可见这头牛不能阉，人家老董同志也说不能阉，这头牛配过牛不能阉了，你麻叔非要阉，所以说万一有个三长两短，责任也落不到咱爷俩头上，你说对不对？"

我说："对极了！"

七

那天早晨，杜大爷没有食言，他果真让我到他家去吃了一碗杂面条。他的老婆也就是杜五花的娘对我还挺亲热，我吃面条时她一个劲地往我的碗里加汤，好像怕我噎着似的。杜五花态度蛮横地对她娘说："你一个劲地往他的碗里加汤干什么？"她娘说："吃饭多喝汤，胜过开药方。"杜五花不理她娘，把一个咸鸭蛋几乎全抠到我的碗里。那黄澄澄、油汪汪的鸭蛋黄滚到我碗里时，杜大娘对着杜五花挤鼻子弄眼地使眼色，杜五花装作看不见，连杜五花都装作看不见，我更没必要冒充好眼色。我毫不客气地一口就将那个鸭蛋黄吞了，免除了杜大娘再把那个鸭蛋黄抢走的危险。仓皇之间没顾上品咂鸭蛋黄的味道，这有点遗憾，但也没有什么好遗憾的，因为在我吞蛋黄的同时，杜大娘抢蛋黄的手已经伸过来了。杜大娘气哄哄地说：

"你这孩子,真是有爹娘生长无爹娘教劝!人家都是一丁点一丁点地品品滋味,你竟然一口吞了!"杜五花替我帮腔道:"不就那么个鸭蛋黄嘛,您嘀咕什么?!让人吃就别心疼!"杜大娘愤怒地说:"不是我心疼,我是怕他吃坏了嗓子。"我说:"大娘您就放心吧,我跟方小宝打赌,空口喝了一斤酱油,嗓子还像小喇叭似的。"杜大娘撇撇嘴,转身走了。杜五花对我眨眨眼,鬼鬼地笑了。这一笑让我感到她和我心连着心,这一笑让我感动了许多年。

那个白天,我和杜大爷牵着牛在村子里转。时而杜大爷牵着双脊在前,时而我牵着大小鲁西在前。我在前时我的心情比较好,因为看不到双脊的蛋子。我在后时我的心情很恶劣,因为我没法不看到双脊那越肿越大的蛋子。转了大街转小巷,起初我们身后还跟着几个抹鼻涕的孩子,但一会儿他们便失去了兴趣。小孩子们走了,苍蝇来了。起初只有几只苍蝇,很快就来了几百只苍蝇。苍蝇的兴趣集中在双脊的蛋子上。它们叮住不放,改变了那地方的颜色。苍蝇让双脊更加痛苦,我从它的眼神里看出了它欲死不能的神情。我折了一束柳条,替它轰赶苍蝇,但那地方偏僻狭窄,有很多死角,另外还要拂蝇忌蛋,所以也就干脆不赶了。

杜大爷让我看着双脊,他去向麻叔汇报双脊的病情。

杜大爷回来,气哄哄地说:"麻子根本不关心,说没事没事没事,他妈的巴子,他没看怎么知道没事?"

这天夜里,大小鲁西开始认草了,但双脊的病情却越来越重。

第三天上午,我们不管大小鲁西了,放它们回了生产队的饲养室。我和杜大爷把全副精力放到双脊身上。

我们一前一后,推拉着它在街上走。我们必须高度警惕着,才能防止它像堵墙壁一样倒在地上。

我们把它拉到生产队饲养室门外。杜大爷提来一桶水,想让它喝点。但它的嘴唇放在水面上沾了沾就抬起来了。它的嘴唇上那些像胡须似的长毛上滴着水。清亮的水珠从它嘴唇上那些长毛上啪嗒啪嗒地滴下来,好像一滴滴眼泪。它的眼睛其实一直在流泪。泪水浸湿了它眼睛下边两大片皮毛,显出了明显的泪痕。杜大爷跑进饲养室,用一个破铁瓢,盛来了半瓢棉籽饼,这是牛的料,尽管这东西牛吃了拉血丝,但还是牛最好的料。只有干重活的牛才能吃到这样的好料。杜大爷把那半瓢棉籽饼倒进水桶里，伸进瓢去搅了搅。杜大爷温柔地说："小牛，你喝点吧，你闻闻这棉籽饼有多么香！"双脊把嘴插进水桶里，蘸蘸嘴唇就抬起来了。杜大爷惊异地说："怎么？你连这样的好东西都不想喝了吗？"拴在柱子上那些牛们，其中包括大小鲁西，闻到棉籽饼的香味，都把眼睛斜过来。杜大爷说："罗汉，你去跟麻子说吧，你是他的侄子，你的面子也许比我大。你去说吧，你就说双脊很可能要死。你说他如果不来，那么，牛死了他要负全部的责任，你去吧。"

我跑了好几个地方，最后在生产队的记工房里找到了麻叔。

我说："双脊要死了，很可能马上就要死了……"

麻叔正和队里的保管、会计在开会，听到我的话，他们都跳了起来。麻叔嘴角上似乎挂着一丝笑容，问我："你说双脊要死？"

我说："它连香喷喷的棉籽饼都不吃了，它的蛋皮肿得比水罐子都要大了。"

麻叔说："我要去公社开会，王保管你去看看吧。"

王保管就是那位因为打牛进过苗圃学习班的人。他红着脸，摆着手，对麻叔说："这事别找我，跟牛沾边的事你们别找我！"

麻叔狡猾地笑着说:"吃牛肉时找不找你?"

王保管说:"吃牛肉?哪里有牛肉?"

麻叔道:"看看,一听说吃牛肉就急了嘛!"

王保管说:"吃牛肉你们当然应该找我,要不我这条腿就算白瘸了!"

麻叔说:"徐会计,那你就去看看吧。"

徐会计说:"要不要给公社兽医站的老董同志打电话?"

麻叔说:"最好别惊动他,他一来,肯定又要打针,打完了针还要换药,换完了药咱还得请他吃饭喝酒,队里还有多少钱你们也不是不知道!"

徐会计说:"那怎么办?"

麻叔道:"一个畜生,没那么娇气,实在不行,弄个偏方治治就行了。"

我们在会计的指挥下,往双脊的嘴里灌了一瓶醋,据村里的赤脚医生说醋能消炎止痛。我们还弄来一个像帽子那样大的马蜂窝,捣烂了,硬塞到它的嘴里去,据徐会计的爹说,马蜂窝能以毒攻毒。我们还弄来一块石灰膏子抹到它的蛋皮上,据说石灰是杀毒灭菌的灵药。

我真心盼望着双脊赶快好起来,它不好,我和杜大爷就得不到解放。但双脊的病情不但没有好转，反而加重了。它的蛋皮流出了黄水，不但流黄水，还散发出一股恶臭。这股恶臭的气味，把全村的苍蝇都招来了。我们牵拉着它走到哪里，苍蝇就跟随到哪里。它的背弓得更厉害了。由于弓背，它的身体也变短了。它身上的毛也戗起来了，由于戗毛，它身上的骨节都变大了。它的泪水流得更多了。它不但流眼泪，还流眼屎，苍蝇伏在它的眼睛周围，吃它的眼屎，母苍蝇还在它的眼角上下了许多蛆。它的蛋皮上也生了蛆。

第四天早晨我们把双脊拉到麻叔家门口。麻叔家还没开门，我捡起一块砖头，用力砸着他家的门板。

麻叔披着褂子跑出来，骂我："浑蛋罗汉，你想死吗？"

我说："我不想死，但是双脊很快就要死了。"

杜大爷蹲在墙根，说："麻子，你还是个人吗？"

麻叔恼怒地说："老杜，你这么大年纪了，怎么连句人话都不会说了？"

"你逼得我哑巴开口，"杜大爷说，"你看看吧，怎么着也是条性命，你们把它的蛋子挖出来吃了，你们舒坦了，可是它呢？"

麻叔转到牛后，弯下腰看看，说："那你说该怎么办?"

杜大爷说:"解铃还得系铃人,赶快把老董叫来。"

麻叔道:"你以为我不急?牛是生产资料,是人民公社的命根子,死个人,公社里不管,死头牛,连党委书记都要过问。"

杜大爷问:"那你为什么不去请老董?"

"你以为我没去请?"麻叔道,"我昨天就去了兽医站,人家老董同志忙着呢!全公社有多少生产队?有多少头牛?还有马,还有驴,还有骡子,都要老董同志管。"

杜大爷说:"那就看着它死?"

麻叔搔搔头,说:"老杜,想不到你一个老中农,还有点爱社如家的意思。"

杜大爷说:"我家四个女婿,三个吃公家饭!"

麻叔说:"这样吧,你和罗汉,拉着双脊到公社兽医站去,让老董给治治。"

杜大爷说:"简直是睁着眼说梦话,到公社有二十里地,你让我们走几天?"

麻叔说:"走几天算几天。"

杜大爷:"只怕走到半路上它就死了!"

麻叔说:"它实在要死,咱们也没有办法,连县委书记都要死，何况一头牛？"

杜大爷说："我去了，家里那些牛怎么办？"

麻叔说："同志，不要以为离了你地球就不转了，让你去你就去，家里的事就甭管了！"

杜大爷说："好好好，我去，丑话说在前头，这牛要是死在路上，你们可别找我麻烦。"

麻叔道："还有小罗汉当见证人嘛！"

八

我们拖着双脊，走上了去公社之路。

我背着一个包袱，包袱里包着一个玉米面饼子，一棵大葱，一块黑酱。这是因为我要出门，家里对我的奖赏。如果不出门，我的主食是发霉的地瓜干子。杜大爷背着一个黄帆布书包，书包上绣着红字，这是很洋气的东西，在当时的情况下，只有知识青年才能背这种书包。我做梦都想有这样一个书包，但我弄不到。杜大爷很牛气地背着一个只有知识青年才有的书包拉着牛缰绳走在牛前头，书包让他生气勃勃。我背着古旧的包袱，拿着一把破扇子跟在牛后头。我用破扇子不停地轰着双脊蛋皮上的苍蝇。我扇一下子苍蝇们就嗡地飞起来，苍蝇飞起来时我看到双脊那可怜的蛋皮像一团凉粉的形态、像一团凉粉的颜色。我刚一停手苍蝇们就落回去，苍蝇落回去我就只能看到苍蝇。我们出了村，过了桥，上了通往公社的那条沙石路。夸张点说我们走得还不如蛆爬得快。不是我们走不快，是双脊走不快。双脊连站立都很困难，但我们要它走，它就走。它已经连续三天没捞到趴下歇歇了，我猜想它的脑子已经昏昏沉沉。如果是人，早就活活累死了，累不死也就困死了。想想做头牛真他妈的不容易。如果我是双脊，就索性趴下死了算了。但双脊不是我。我和杜大爷一个在前拉着，一个在后催着，让它走，逼它走，它就走，一步，一步，一步更比一步难。

太阳正晌时我们走到了甜水井。甜水井离我们村六里地。杜大爷说："罗汉，咱爷们走得还不算慢，按这个走法，半夜十二点时，也许就到了兽医站。"

我说："还要怎么慢？我去公社看电影，二十分钟就能跑到。"

杜大爷说："已经够快了，不要不知足。歇歇，吃点东西。"

我们把双脊拴在井边的大柳树上。我解开了包袱，杜大爷解开了书包。杜大爷从书包里摸出了一块玉米面饼子，我从包袱里也摸出了一块玉米面饼子。我摸出了一根大葱，他也摸出了一根大葱。我摸出黑酱他也摸出黑酱。我们两个的饭一模一样。吃了饭，杜大爷从书包里摸出了一个玻璃瓶子。玻璃瓶颈上拴着一根绳。他把绳抖开，将瓶子放到井里，悠一悠，荡一荡，猛一松手，瓶子一头扎到水里，咕咕嘟嘟一阵响，灌满了水就不响了。杜大爷把灌满水的瓶子提上来。我说："杜大爷，您真是有计划性。"

杜大爷说："让我当生产队长，肯定比麻子强得多。"

我说："当生产队长屈了您的料，您应该当公社书记！"

杜大爷说："可不敢胡说！公社书记个个顶着天上的星宿，那不是凡人。"

我说："大爷，您说，我要有个爹当公社书记，我会怎么样？"

"就你这模样还想有个当公社书记的爹？"杜大爷把瓶子递给我，说，"行了，爷们，别做梦了，喝点凉水吧，喝了凉水好赶路。"

我喝了一瓶凉水，肚子咕咕地响。

杜大爷又提上一瓶水，将瓶口插到牛嘴里。水顺着牛的嘴角流了出来。

"无论如何我们要让它喝点水,"杜大爷说,"否则它病不死也要渴死。"

杜大爷又从井里提上一瓶水,他让我把双脊的头抬起来,让它的嘴巴向着天,然后他把瓶子插到牛嘴里。这一次我听到了水从双脊的咽喉流到胃里去的声音。杜大爷兴奋地说:"好极了,我们终于让它喝了水,喝了水它就死不了了。"

我们离开柳荫,重返沙石路。初夏的正午阳光已经十分暴烈,沙石路面放射着红褐色的刺眼光芒。我建议歇一歇,等太阳落落再走。杜大爷说多歇无多力。他还说阳光消毒杀菌,还说其实双脊冻得要命,你难道没看到它浑身上下都在打哆嗦吗。我相信杜大爷的生活经验比我丰富得多,所以我就不跟他争辩。我更希望能早些到了公社兽医站,让双脊的病及时得到治疗,我其实是个善良的孩子。

我从路边拔了一把野草,编成一个草圈戴在头上。我看到杜大爷的秃头上汪着一层汗水,便把头上的草圈摘下来扔给他。杜大爷接了草圈戴在头上,说:"你这孩子,越来越懂事,年轻人,就应该这样。"杜大爷一句好话说得我心里暖洋洋的。我说:"大爷,您活像个老八路!"杜大爷叹息道:"人呐,可惜没有前后眼,要有前后眼,说什么我也要去当八路。"我问:"您为什么不去当八路呢?"他说:"说句不中听的话,那时候,谁也看不出八路能成气候。八路穿得不好,吃得也不好,武器更不好,就那么几条破大枪,枪栓都锈了,子弹也少,每人只有两粒火,打仗全靠手榴弹,手榴弹也是土造的,十颗里铁定有五颗是臭的。国军可就不一样了,一色的绿哗叽军装,美式汤姆枪,红头绿屁股子弹开着打,那枪,打到连发上,哇哇地叫,脆生生的,听着都养耳朵。手榴弹一色是小甜瓜形状,花瓣的,炸起来惊天动地,还有那些十轮大卡车才能拖动的榴弹大炮,一炮能打出五十里,落地就炸成一个湾,湾里的水瓦蓝,一眼望不到底。爷们,那时候不比现在,现在都打破头地抢着当兵,那时谁也不愿当兵。好男不当兵,好铁不打钉嘛。就是当兵,爷们,我也不去当八路,要当我也去当国军了。当国军神气,国军吃得好,穿得好,还能看到前途。八路,不是正头香主,爷们,说起来好像在撒谎,一直到了四七年咱们这块地方还不知道八路的头是谁,后来才听说八路的头是朱毛,后来又说朱毛是两个人,还是两口子,朱是男的,毛是女的。但那时谁都知道蒋介石,蒋委员长……"

我说:"那你说说国军为什么被八路打败了?"

杜大爷说："依我看，八路的人能吃苦，国军的人不能吃苦。八路的人没有架子，大官小官都没架子，国军的人架子大，国军的大官架子倒不大，小官反倒架子大，官越小架子越大。俺家东厢房里住过国军一个少尉，连洗脚水都要勤务兵给端到炕前，但八路的团长还给俺家扫过院子。还有，八路的人不跟女人黏糊，我看他们不是不想，是不敢；国军的人就不一样了，见了漂亮娘们，当官的带头上。就这几条，国军非败不可。"

我说："你既然看出来国军必败，为什么还不去当八路？"

"那会儿谁能看出来？那会儿我要看出来肯定当了八路，"他说，"我要是当了八路，熬到现在，最不济也是个公社书记，吃香的，喝辣的，屁股下坐着冒烟的。不过也很可能早就给炮子打死了。人的命，天注定，这辈子该吃哪碗饭，老天爷早就给你安排好了，胡思乱想是没有用处的。人不能跟天对抗，我是很知足的，比上不足，比下有余嘛！"

我们天上一句地下一句地胡扯着，一步一步、摇摇晃晃地往前挪动。我们说累了，就沉默。在沉默中我们昏昏欲睡。现在回想起来，那是一幅很有情调的画面：一轮艳阳当头照，沙石路在阳光下变成了金黄色，一个头戴草圈、斜背书包的老头子，迎着阳光眯着一大一小两只眼，肩膀上背着牛缰绳，抻着黑色的脖子，一步一探头地往前走着，像我后来看到过的在江上拉纤的船夫。在他的身后，是被缰绳拉得仰起来的牛脸。牛脸上有泪水还有苍蝇。再往后是弓起来的牛背，夹起的牛尾。牛蛋皮太难看，就不要画了。重点应该画画我。我很丑，我很丑却缺乏自知之明，喜欢扮鬼脸，做怪相，连我的姐姐都曾经质问我的母亲：娘，你说他怎么这样丑？简直是气死画匠，难描难画。母亲对姐姐的质问当然不高兴。母亲说狗养的狗亲，猫养的猫亲，你们不亲他，所以就觉得他丑。当然母亲生了气时也骂我丑。我趴到井台边上看自己的模样，确实有些问题。譬如说我嘴里生着一颗虎牙。姐姐说我锯齿獠牙。我一怒之下，找了一把铁锉，硬是一点点地将那颗牙锉平了。锉牙时整个牙床都是酸的，好像连脑子都给震荡了，但是为了美，我把那样长的一颗虎牙给锉平了。我把这事说给村里人听时，他们都不相信，以为我又在胡说。我留着那种头顶只有一撮毛的娃娃头，脸上是一片片铜钱大的白癣，那时候男孩子脸上爱长这种白癣，据说用酸杏擦能擦好，我们就去偷酸杏来擦，也没见谁擦好过。我斜背着一个蓝布包袱，穿一条大裤头子，脚上趿拉着一双大鞋，手里摇着一柄破芭蕉扇，有一下没一下地扇着牛的蛋皮。我们都不好看，人不是好人，牛也不是好牛。但我们很有特色。如果愿意，其实还可以画画路两边的树。路两边的树多半是杨树，杨树里夹杂着一些槐树。杨树上生了那种名叫"吊死鬼"的虫，它们扯着一根游丝在风里荡来荡去。路两边的麦子正在开花，似乎有那么点甜甜的香气。这幅图画固然很好，但我的肉体却很痛苦。我头痛，眼前有点发黑，口里是又干又苦，脚也很痛。但我的这点痛苦跟牛比起来肯定是不值一提。牛受的罪比天还高，比地还厚。它的头不痛是不可能的。我们多少还睡了一点觉，可它却一点觉都不能睡。现在我想起来，其实不让阉过的牛趴下是没有道理的。即便是一条没阉过蛋子的牛，让它四天四夜捞不到趴下，也是一桩酷刑，何况它身受酷刑，大量失血后，又伤口发炎。它的腿已经肿了，它血管子里的血也坏了，它那个像水罐一样的蛋皮里肯定积了一包脓血。与牛相比，我受的这点小罪的确是轻如鸿毛了。杜大爷难道就好受了吗？他也不好受。他是六十八岁的人了，那时候人六十八岁就是高龄了，也就是说，杜大爷的大部分身体已经被黄土埋起来了。他嘴里的牙几乎全掉光了，只剩下两个特大的门牙，这两个长门牙给他的脸上增添了一些青春气象，因为这两个门牙使他像一匹野兔，野兔无论多么老，总是活泼好动的，一活泼好动，就显得年轻。接下来发生了一件重要的事情，我在路上捡到了一把刀子。

那是一把三角形、带长柄的刀子。因为我曾经在生产队的苗圃里干过活，所以我一眼便看出那是一把嫁接果树使用的刀子。这种刀子很锋利，跟老董同志使用的阉牛刀在外形上有些相似之处。我捡起这把刀子后，就忘了头痛和脚痛，神使鬼差般地我就想把双脊那肿胀的蛋皮给豁了。我清清楚楚地看到，那里边全是脓血。我听到双脊也在哀求我：兄弟，好兄弟，给我个痛快的吧！我知道这事不能让杜大爷知道，让他知道了我的计划肯定不能实现。借着一个小上坡，我捏紧刀子，心不软，手不颤，瞄了个准，一闭眼，对着那东西，狠命地一戳。我抽刀子的动作很快，但还是溅了一手。

杜大爷惊喜无比，说："罗汉，你他妈的真是个天才！你这一刀，牛轻松了，我也轻松了。你要早来这么一刀，双脊没准早就好了，根本不用到公社去……太好了……太好了……我见了老董同志一定让他把你留下当学徒，我的眼色是没有错的，我看准了的人没有错的……"

杜大爷折了一根树枝，转到牛后，将树枝戳到牛的蛋皮里搅着。牛似乎很痛苦，想抬起后腿蹬人。但它仅有蹬人的意念，没有蹬人的力气了。它的后腿抬了抬就放下了。它只能用浑身的哆嗦表示它的痛苦。杜大爷真诚地说："牛啊牛，你忍着点吧，这是为了你好……"蛋囊里的脏物哗哗地往外流，先是白的、黄的，最后流出了红的。杜大爷扔掉树枝，说："好了，这一下保证好了！"

我们拉着它继续赶路。它走得果然快了一些。杜大爷从槐树上扯下了一根树枝，树枝上带着一些嫩叶，递到它的嘴边，它竟然用嘴唇触了触，有点想吃的意思。尽管它没吃，但还是让我们感到很兴奋。杜大爷说："好了，认草就好了，到了公社，打上一针，不出三天，又是一条活蹦乱跳的牛了。"

太阳发红时，我们已经望到了公社大院里那棵高大的白杨树。我兴奋地说："快了，快要到了。"

杜大爷说："望山跑死马，望树跑死牛，起码还有五里路。不过，这比我原来想的快多了，该说什么说什么，多亏了你小子那一刀，不过，如果没有我那一根树枝也不行。"

我们越往前走，太阳越发红。路边那个棉花加工厂里的工人已经下班，一对对的青年男女穿着色彩鲜明的衣服在路上散步。他们身上散发着好闻极了的肥皂气味。那些漂亮女人身上，除了肥皂气味之外，还有一种甜丝丝香喷喷的气味。

杜大爷对着我眨眨眼，低声说："罗汉，闻到大闺女味了没有？"

我说："闻到了。"

他说："年轻人，好好闻吧，将来弄这样一个娘们做老婆。"

我说："我这辈子不要老婆。"

杜大爷说："你这是叫花子咬牙发穷恨！不要老婆？除非把你阉了！"

我们正议论着，一对男女在路边停下来。那个一脸粉刺、头发卷曲的男青年问："老头，你们这是干啥去？"

杜大爷说："到兽医站去。"

男青年问："这牛怎么啦？"

杜大爷说："割了蛋子了。"

男青年说："割蛋子，为什么要割它的蛋子？"

杜大爷说："它想好事。"

男青年问："想好事？想啥好事？"

杜大爷说:"你想啥好事它就想啥好事!"

男青年急了,说:"老头,你怎么把我比成牛呢?"

杜大爷说:"为什么不能把你比成牛?天地生万物,人畜是一理嘛!"

女青年红着脸说:"毛,快走吧!"

女青年细眉单眼,头很大,脸也很大,脸很白,牙也很白。我不由自主地想看她。男青年跑到牛后,弯着腰,看双脊那个地方。

"我的个天,"男青年一惊一乍地说,"你们真够残忍的,小郭小郭你看看他们有多么残忍!"

男青年招呼那女青年。女青年恼怒地一甩辫子,往前走了。男青年急忙去追女青年。我的脖子跟着女青年转过去。我看到男青年将一只胳膊搭在女青年肩上,奇怪的是女青年竟然让他把胳膊搭在肩上。

杜大爷说:"转回头吧,看也是白看。"

我回过头,感到有点不好意思。

杜大爷说:"才刚还说这辈子不要老婆呢,见了大闺女眼睛像钩子似的!"

我说:"我看那个男的呢!"

"别辩了,大爷我也是从年轻时熬过来的。"杜大爷说,"这个大闺女,像刚出锅的白馒头,暄腾腾的,好东西，真是好东西呀！"

公社的高音喇叭播放《国际歌》时，我们终于赶到了兽医站。那时候公社的高音喇叭晚上七点开始广播，开始广播时先播《东方红》，播完了《东方红》就预告节目，预告完了节目是新闻联播，播完了国家新闻就播当地新闻，播完了当地新闻就播样板戏，播完了样板戏就播天气预报，播完了天气预报就播《国际歌》，播完了《国际歌》就说："贫下中农同志们，今天的节目全部播送完了，再会。"这时候就是晚上九点半，连一分钟都不差。我们在兽医站前刚刚站定，播音员就与我们"再会"了。杜大爷说："九点半了。"

我打了一个哈欠说："在家时播完《国际歌》我就睡了觉了。"

杜大爷说："今天可不能睡了，咱得赶快找老董同志给双脊打上针，打上针心里就踏实了。"

兽医站铁门紧闭，从门缝里望进去，能看到院子里竖着一个高大的木架子，似乎还有一口井，井边的空地上，生长着一些蓬松的植物。一只狗对着我们叫着，屋子里黑乎乎的，什么也看不见。

我问："大爷，咱到哪里去找老董同志呢？"

杜大爷说："老董同志肯定在屋里。"

我说:"屋里没点灯。"

杜大爷说:"没点灯就是睡觉了。"

我说:"人家睡觉了咱怎么办?"

杜大爷说:"咱这牛算急病号,敲门就是。"

我说:"万一把人家敲火了怎么办?"

杜大爷说:"顾不了那么多了,再说了,老董同志吃了双脊的蛋子,理应给双脊打针。"

我们敲响了铁门。起初我们不敢用力敲,那铁门的动静实在是太大了,铿铿锵锵,像放炮一样。我们敲了一下,那条狗就冲到门口,隔着铁门,往我们身上扑,一边扑一边狂叫。但屋子里毫无动静。我们的胆壮了,使劲敲,发出的声音当然更大,那条狗像疯了似的,一下下地扑到铁门上,狗爪子把门搔得嚓嚓响,但屋子里还是没有动静。

杜大爷说:"算了吧,就是个聋子,也该醒了。"

我说:"那就是老董同志不在。"

杜大爷说:"这些吃工资的人跟我们庄户人不一样,人家是八小时工作制,下了班就是下了班。"

我说:"这太不公平了,咱们辛辛苦苦种粮食给他们吃,他们就这样对待我们?不是说为人民服务吗?"

"你是人民吗?我是人民吗?你我都是草木之人,

草木之人按说连人都不算,怎么能算人民呢?"杜大爷长叹一声,"我们好说,可就苦了双脊了!双脊啊双脊,去年你舒坦了,今年就要受罪,像大小鲁西,去年没舒坦,今年遭的罪就小得多。老天爷最公道,谁也别想光占便宜不吃亏。"

我看看黑暗中的双脊,看不到它的表情,只能听到它的粗浊的喘息。

杜大爷打着打火机,围着双脊转了一圈,特别认真地弯腰看了看它的双腿之间。打火机烫了他的手,他嘶了一声,把打火机晃灭。我的面前立即变得漆黑。天上的星斗格外灿烂起来。杜大爷说:"我看它那儿的肿有点消了,如果它实在想趴下,就让它趴下吧。"

我说:"太对了,大爷,好不好也不在趴下不趴下上,大小鲁西不也趴过一夜吗?不是照样好了吗?"

杜大爷说:"你说得有点道理,它趴下,咱爷俩也好好睡一觉。"

杜大爷一声未了,双脊便像一堵朽墙,瘫倒在地上。

九

黎明时,我被杜大爷一巴掌拍醒。我迷迷糊糊地问:"大爷,天亮了吗?"杜大爷说:"罗汉,毁了炉了……我们的牛死了……"听说牛死了,睡意全消,我的心中既感到害怕又感到兴奋。从铁门边上一跃而起,我就到了牛身边。这天早晨大雾弥漫,虽是黎明时分,但比深更半夜还要黑。我伸手摸摸牛,感到它的皮冰凉。我推了它一下,它还是冰凉。我不相信牛死了,我说:"大爷,您怎么能看到牛死了呢?"大爷说:"死了,肯定死了。"我说:"你把打火机借给我用用,我看看是不是真死了。"杜大爷将打火机递给我,说:"真死了,真死了……"我不听他那套,点燃打火机,举起来一照,看到牛已经平躺在地上,四条腿抻得笔直,好像四根炮管子。它的一只眼黑白分明地盯着我,把我吓了一跳。我赶紧揩灭打火机,陷入黑暗与迷雾之中。

"怎么办?大爷,你说咱们怎么办?"我问。杜大爷说:"我也不知道怎么办,等着吧!""等什么?""等天亮吧!""天亮了怎么办?""该怎么办就怎么办,反正是死了,顶多让我们给它抵命!"杜大爷激昂地说。我说:"大爷啊,我还小,我不想死……"杜大爷说:"放心吧,抵命也是我去,轮不到你!"我说:"杜大爷您真是好样的!"杜大爷说:"闭住你的嘴,别烦我了！"

　　我们坐在兽医站门口，背倚着冰凉的铁门，灰白的雾像棉絮似的从我们面前飘过去。天气又潮又冷，我将身体缩成一团，牙齿得得地打战。我努力克制自己不去看死牛，但我的眼睛却忍不住地往那里斜。其实那里也是浓雾弥漫，牛的尸体隐藏在雾里，就像我们的身体隐藏在雾里一样。但我的鼻子还是闻到了从死牛身上发出来的气息。这气息是一种并不难闻的冷冰冰的腐臭气息。跟去年冬天我从公社饭店门前路过时闻到的气息一模一样。

　　雾没散，天还很黑，但公社广播站的高音喇叭猛然响了，放《东方红》。我们知道已经是早晨六点钟。喇叭很快放完了《东方红》。喇叭放完了《东方红》东方并没有红，太阳也没有升起。但很快东方就白了。雾也变淡了些。我站起来活动了一下腿脚。杜大爷背靠着铁门，浑身哆嗦，哆嗦得很厉害，哆嗦得铁门都哆嗦。我问："大爷，您是不是病了？"他说："没病，我只是感到身上冷，连骨头缝里都冷。"我立刻想起奶奶说过的话，她说，人只要感到骨头缝里发冷就隔着阴曹地府不远了。我刚想把奶奶说过的话向杜大爷转述，杜大爷已经哆哆嗦嗦地站了起来。

我尾随着杜大爷,绕着死牛转了一圈。我们现在已经能够清清楚楚地看见它了。它死时无声无息,我和杜大爷都没听到它发出过什么动静。它可以说是默默地离开了人世。它侧着躺在地上,牛的一生中,除了站着,就是卧着,采取这样大大咧咧的姿势,大概只有死时。它就这样很舒展也很舒服地躺在地上,身体显得比它活着时大了许多。从它躺在地上的样子看,它完全是一头大牛了,而且它还不算瘦。

杜大爷说:"罗汉,我在这里看着,你回家向你麻叔报信去吧。"

我说:"我不愿去。"

杜大爷说:"你年轻,腿快,你不去,难道还要我这个老头子去吗?"

我说:"您说得对,我去。"

我把那根包饼子的蓝包袱捆在腰里,跑上了回村之路。

我刚跑到棉花加工厂大门口就碰到了麻叔。麻叔骑着一辆自行车,身体板得像纸壳人一样。他骑车的技术很不熟练,我隔着老远就认出了他,一认出他我就大声喊叫,一听到我喊叫他就开始计划下车,但一直等车子越过了我十几米他才下来,而且是很不光彩地连人带车倒在地上后从车下钻出来的。我跑过去，沉痛地说："麻叔，咱们的牛死了……"麻叔正用双腿夹着车前轮，校正车把。我认出了这辆车子是村里那位著名的大龄男青年郭好胜的车子，因为他的车子上缠满了花花绿绿的塑料纸。郭好胜爱护车子像爱护眼睛一样，能把他的车子借来真是比天还要大的面子。郭好胜要是看到麻叔把他的自行车压在地上，非心疼得蹦高不可。我说："麻叔……"麻叔说："罗汉，你要是敢对郭好胜说我把他的车子压倒过，我就打烂你的嘴。"我说："麻叔，咱们的牛死了……"麻叔兴奋地说："你说什么？"我说："牛死了，双脊死了……"麻叔激动地搓着手说："真死了？我估计着也该死了，我来就是为了这……走，看看去，我用车子驮着你。"麻叔左脚踩着脚踏子，右脚蹬地，一下一下地，费了很大的劲将车子加了速，然后，很火暴地蹦上去，他的全身都用着力气，才将自行车稳住，他在车上喊着我："罗汉，快跑，蹦上来！"我追上自行车，手抓住后货架子，猛地往上一蹦，麻叔的身体顿时在车上歪起来，他嘴里大叫着："不好不好……"然后就把自行车骑到沟里去了。麻叔的脑袋撞在一块烂砖上碰出了一个渗血的大包。我的肚子挤到货架子上，痛得差点截了气。麻叔爬起来，不顾他自己当然更不顾我，急忙将郭好胜的车子拖起来，扛到路上，认真地查看。车把上、车座上都沾了泥，他脱下小褂子将泥擦了。然后他就支起车子，蹲下，用手摇脚踏子，脚踏子碰歪了，摇不动了。麻叔满面忧愁地说："坏了，这一下坏了醋了……"我说："麻叔咱们队的牛死了……"麻叔恼怒地说："死了正好吃牛肉，你咕哝什么？生产队里的牛要全死了，我们的日子倒他妈的好过了！"我知道我的话不合时宜，但麻叔对牛的冷漠态度让我大吃了一惊。早知生产队的当家人对队里的牛是这个态度，我们何必没日没夜地遛它们？我们何必吃这么大的苦把它牵到公社？我们更不必因为它的死而心中忐忑不安。但双脊的死还是让我心中难过，这一方面说明我这人善良，另一方面说明我对牛有感情。

麻叔坐在地上，让我在他对面将车子扶住，然后他双手抓住脚踏子，双脚蹬住大梁，下死劲往外拽。拽了一会儿，他松开一只手，用另一只手摇动脚踏子，后轮转起来了，收效很大。他高兴地说："基本上拽出来了！再拽拽！"于是他让我扶住车子，他继续往外拽。又拽了一会儿，他累了，喘着气说："他妈的，倒霉，早晨出门就碰到一只野兔子，知道今日没什么好运气！"我说："您是干部，还讲迷信？"他说："我算哪家子干部？"他瞪我一眼，推着车往前走，啐了几口唾沫，回头对我说："你要敢对郭好胜说，我就豁了你的嘴！""保证不说。"我问："麻叔，牛怎么办？"他微微一笑，道："怎么办？好办，拉回去，剥皮，分肉！"

临近兽医站时，他又叮嘱我："你给我紧闭住嘴，无论谁问你什么，你都不要说话！"

"要我装哑巴吗？"

麻叔："对了，就要你装哑巴！"

十

麻叔一到兽医站门口，支起车子，满脸红锈，好似生铁，围着牛转了一圈，然后声色俱厉地说："好啊！老杜，让你们给牛来治病，你们倒好，把它给治死了！"

杜大爷哭丧着脸说："队长，自从这牛阉了，我和罗汉受的就不是人罪，它要死，我们也没有办法！"

我说："我们四天四夜没睡觉了。"

麻叔说："你给我闭嘴！你再敢插嘴看我敢不敢用大耳刮子扇你！"

麻叔问杜大爷："兽医站的人怎么个说法？"

杜大爷道:"直到现在还没看到兽医站个人影子呢!"

"你们是死人吗?"麻叔道,"为什么不喊他们?"

杜大爷说:"我们把大铁门都快敲烂了!你要不信问罗汉。"

我紧紧地闭着嘴,生怕话从嘴里冒出来。

麻叔卷好一支烟,伸出舌头舔了一下烟纸,啐出舌头上的烟末,顺便骂了一句:"狗日的!"

杜大爷说:"队长,要杀要砍随你,但是你不能骂我,我转眼就是七十岁的人了。"

麻叔道:"我骂你了吗?真是的,我骂牛!"

杜大爷说:"你骂牛可以,但你不能骂我。"

麻叔看看杜大爷,将手里那根卷好的烟扔过去。

杜大爷慌忙接住,自己掏出打火机点燃。他蹲下抽烟,身体缩得好像一只受了惊吓的刺猬。

这时广播停了,雾基本散尽,太阳也升起来了。太阳一出头,我们眼前顿时明亮了。公社驻地的繁华景象展现在我们面前。兽医站对面,隔着一条石条铺成的街道就是公社革委的大院子。大门口的两个砖垛子上,挂着两个长条的大牌子,都是白底红字,一个是革命委员会的,一个是公社党委的。迎着大门是一堵长方形的墙，墙上画着一轮红日，一片绿浪，还有一艘白色的大船，船头翘得很高。红日的旁边，写着一行歪三扭四的大字：大海航行靠舵手。公社大门左边是供销社，右边是饭店。饭店右边是粮管所，供销社左边是邮局。我们背后是兽医站，兽医站左边是屠宰组，兽医站右边是武装部。全公社的党政机关、商业部门都在这一团团，我们的牛几乎就躺在公社的正中心。我感到那些机关的大门口一个个都阴森森的，好像要把我们吞了，这种感觉很强烈，但麻叔已经不许我说话，我只能把我的感觉藏在自己心里。

石条街上的人很快就多起来。机关食堂的烟囱里冒出白烟，很快就有香气放出来。这些气味中最强烈的、最迷人的就是炸油条的香气。我仿佛看到了金黄的油条在油锅里翻滚的情景。我随即想起，杜大爷的大闺女女婿不是在公社食堂里当大师傅吗？如果杜大爷进去找他，肯定可以吃他个肚子圆。杜大爷可能因为死牛的事把这门亲戚给忘了。他还有个四闺女女婿在屠宰组里杀猪，杜大爷要进去找他，肯定也能吃个肚儿圆。杜大爷把这门亲戚也给忘了。更重要的是，杜大爷的女婿们很可能把我和麻叔也请进去，让我们跟着他们的老丈人沾光吃个肚儿圆。我看着杜大爷，用焦急的眼神提醒他。

但杜大爷的眼睛眯着,好像什么也看不见。话就在我嘴边,随时都可能破唇而出。这时麻叔说话了:"老杜,你没去看看你那两个贵婿?"

杜大爷说:"看什么?他们都是公家人,去了影响他们的工作。"

麻叔道:"皇帝老子还有两门穷亲戚呢!去看看吧,正是开饭的时候。"

杜大爷说:"饿死不吃讨来的饭。"

麻叔道:"老杜,我知道你那点小心眼,你不就是怕我跟罗汉沾了你的光吗?我们不去,我们不会去的!"

杜大爷咧着嘴,好像要哭,憋了半天才说:"队长,您这是欺负老实人!"

"跟你开个玩笑,你还当了真了!"麻叔别别扭扭地笑着说。突然他又严肃地说:"老董同志来了!"

老董同志骑着自行车从石头街上上蹿下跳地来了。他骑得很快,好像看到了我们似的。他在牛前跳下车,大声说:"老管,是你?"他看我和杜大爷,又说:"是你们?"然后他就站在牛前,说:"这是怎么搞的?"

老董同志蹲下,扒着牛眼看看,蹲着向后挪了几步,端详着牛的蛋皮,好像看不清楚似的,他摘下眼镜,放到裤子上擦擦,戴上,更仔细地看,他的鼻尖几乎要触到牛的那皮上了。他伸出一根手指戳戳那儿,叹了一口气。他站起来,又把眼镜摘下来擦擦,眼睛使劲挤着,一脸痛苦表情。他说:"你们,为什么不早来?"

麻叔说:"我们昨天晚上就来了!敲门把手都敲破了!"

老董同志压低了声音说:"老管,如果有人问,希望你们说我抢救了一夜,终因病情严重不治而死!"

麻叔说:"您这是让我们撒谎!"

老董同志说:"帮帮忙吧!"

麻叔低声对我们说:"听清楚了没有?照老董同志吩咐的说!"

老董同志说:"多谢了,我这就给你们去开死亡证明。"

十一

麻叔叮嘱杜大爷看好牛,当然更忘记不了叮嘱杜大爷看好郭好胜的自行车,千千万万,牛丢不了,活牛没人要,死牛拉不走,自行车可是很容易被偷,甚至被抢,这种事多得很。然后他拉着我,拿着老董同志给我们开好的牛死亡证明,走进了公社大院。

这是我第一次走进公社大院,大道两边的冬青树、一排排的红瓦高房、高房前的白杨树、红砖墙上的大字标语,等等,这些东西一齐刺激我,折磨我,让我感到激动,同时还感到胆怯。我感到自己像个小偷,像个特务,心里怦怦乱跳,眼睛禁不住地东张西望。麻叔低声说:"低下头走路,不要东张西望!"

麻叔问了一个骄傲地扫着地的人,打听主管牛的孙主任的办公室。刚才老董同志对我们说过,全公社的所有的牛的生老病死都归这位孙主任管。我心中暗暗感叹孙主任的权大无边。全公社的牛总有一千头吧?排起来将是一个漫长的大队,散开来能走满一条大街。这么多牛都归一个人管,真是牛得要死。当时我就想,这辈子如果能让我管半个公社的牛我就心满意足了。

我小心翼翼地跟在麻叔身后,进了孙主任的办公室。一个胖大的秃头男子——不用问就是孙主任——正在用一根火柴棒剔牙,用左手。他的右手的中指和食指缝里夹着一根香烟。我知道那是丰收烟,因为桌子上还放着一盒打开了的丰收烟。丰收烟是干部烟,一般老百姓是买不到的。丰收烟的气味当然很好,那支丰收烟快要烧到他的手指了,我盼望他把烟头扔掉,但我知道他把烟头扔掉今天我也不能捡了,如果我捡了,麻叔非把我的屁股踢烂不可。我还是有毅力的,关键时刻还是能够克制自己的。麻叔弯了一下腰,恭敬地问:"您就是孙主任吧?"

那人哼了一声,算是回答。

麻叔马上就把老董同志开给我们的死亡证明递上去,说:"我们队里一头牛死了……"

孙主任接过证明,扫了一眼,问:"哪个村的?"

麻叔说:"太平村的。"

孙主任问:"什么病?"

麻叔说:"老董同志说是急性传染病。"

孙主任哼了一声,把那张证明重新举到眼前看看,说:"你们怎么搞的?不知道牛是生产资料吗?"

麻叔说:"知道知道,牛是社会主义的生产资料,牛是贫下中农的命根子!"

孙主任说:"知道还让它得传染病?"

麻叔说:"我们错了,我们回去一定把饲养室全面消毒,改正错误,保证今后不发生这种让阶级敌人高兴、让贫下中农难过的事……"

"饲养员是什么成分?"

"贫农,上溯八辈子都是讨饭的!"

孙主任又哼了一声,从衣袋里拔出水笔,往那张证明上写字。他的笔里没有水了,写不出字。他甩了一下笔,还是写不出字。他又甩了一下笔,还是写不出字。他站起来,从窗台上拿过墨水瓶,吹吹瓶上的灰,拧开瓶盖子,把水笔插进去吸水。水笔吸水时,他漫不经心地问:"你们的牛在哪里?"

麻叔没有回答。

我以为麻叔没听到孙主任的问话,就抢着替他回答了:"我们的牛在公社兽医站大门外。"

孙主任皱了一下粗短的眉,把墨水瓶连同水笔往外一推,说:"传染病,这可马虎不得,走,看看去!"

麻叔说:"孙主任,不麻烦您了,我们马上拉回去!"

孙主任严厉地说:"你这是什么话?革命工作,必须认真!走!"

孙主任锁门时,麻叔狠狠地看了我一眼。

我们的牛前围着一大堆看热闹的人。孙主任拨开人靠了前。他扒开牛眼看看,又翻开牛唇看看,最后他看了看牛蛋子。他直起腰,拍拍手,好像要把手上的脏东西拍掉似的。围观的人们都聚精会神地看着他,好像病人家属期待着医生给自己的亲人下结论。孙主任突然发了火:"看着我干什么?你们,围在这里看什么?一头死牛有什么好看的?走开,该干什么干什么去,这头牛得的是急性瘟疫,你们难道不怕传染?"

众人一听说是瘟疫,立即便散去了。

孙主任大声喊:"老董!"

老董同志哈着腰跑过来,站在孙主任面前,垂手肃立,鞠了一个躬,说:"孙主任,您有啥吩咐?"

孙主任挥了一下手,很不高兴地说:"既然是急性传染病,为什么还放在这里?来来往往的人,不怕传染吗?同志,你们太马虎了,这病一旦扩散,那会给人民公社带来多大的损失?经济损失还可以弥补,而政治影响是无法弥补的,你懂不懂?!"

老董同志用双手摸着裤子说:"我们麻痹大意,我检讨,我检讨……"

孙主任说:"别光嘴上检讨了,重要的是要有行动,赶快把死牛抬到屠宰组去,你们去解剖,取样化验,然后让屠宰组高温消毒,熬成肥料!"

麻叔急了,抢到牛前,说:"孙主任,我们这牛不是传染病,我们这牛是阉死的!"

我看到老董同志的长条脸唰地就变成了白色。

麻叔指着我和杜大爷说:"您要不相信,可以问他们。"

孙主任看看老董同志，问："这是怎么回事？"

老董同志结结巴巴地说："是这么回事，这牛确实是刚阉了，但它感染了一种急性病毒……"

孙主任挥挥手，说："赶快隔离，赶快解剖，赶快化验，赶快消毒！"

麻叔道："孙主任，求求您了，让我们把它拉回去吧……"

孙主任大怒："拉回去干什么？你想让你们大队的牛都感染病毒吗？你想让全公社的牛都死掉吗？你叫什么名字？什么阶级出身？"

麻叔麻脸干黄，嘴唇哆嗦，但发不出声音。

十二

我们的牛死后第三天，也就是1970年5月1日，公社驻地发生了一个惊人的大事件：三百多人食物中毒，这些人的共同症状是发烧、呕吐、拉肚子。中毒的人基本上都是公社干部、吃国库粮的职工和这些人的家属。这件事先是惊动了县革委，随即又惊动了省革委，据说还惊动了中央。县医院的医生坐着救护车来了，省里的医生坐着火车来了，中央没来医生，但派来了一架直升机，送来了急需的药品。小小的公社医院盛不下这么多病人，于是就让中学放假，把课桌拼成病床，把教室当成了病房。正好解放军6037部队在我们这块地方拉练，部队的医生也全力以赴地投入了抢救。据病人说，解放军的医生水平真高，那些打针的小女兵，扎静脉一扎一个准，从来不用第二下。而我们公社医院那些医生扎静脉，扎一针，不回血，再扎一针，还不回血，一针一针扎下去，非把病人扎得一手血，自己急出一头汗，才能瞎猫碰上个死耗子。

当时可没想到是食物中毒，自打盘古开天地，三皇五帝到如今，我们那儿还没听说食物还能中毒。公社革委往县革委报告时就说是阶级敌人在井水里投了毒，或是在面粉里投了毒。县革委往省革委大概也是这样报告的。所以这事一开始时弄得非常紧张、十分神秘。领导们的主要精力一是放在破案上，二是放在救人上。据分析，下毒的人，一可能是台湾国民党派遣来的特务，二可能是暗藏的阶级敌人。马上就有人向临时组成的指挥部报告，说夜里看到了三颗红色信号弹，还有的人发现了敌人扔掉的电台。指挥部的人都是从县里和其他公社临时调来的，我们公社的领导全都中了毒，而且病情都很严重。于是大喇叭里不停地广播，让各村的贫下中农提高警惕，防止阶级敌人的破坏活动。各个村就把所有的"四类分子"关到一起看守起来，连大小便都有武装民兵跟随。同时各村都开始清查排队，让"四类分子"交代罪行，打得这些冤鬼血肉横飞，叫苦连天。解放军也积极配合，封锁了公社驻地，每条路口，都有英俊威武的战士持枪站岗，夜里还有摩托兵巡逻。有一次他们巡逻到我们村后，可让我们这些土包子开了眼界。大家谁也没看到过能跑这样快的东西。先是看到一溜灯光从西边来了，还没看清楚呢，震耳的摩托声就到了耳边，刚想仔细看看，还没来得及呢，人家已经窜没了影。真是一道电光，绝尘而去。

折腾了几天，既没抓到特务，也没挖出暗藏的阶级敌人。大多数的病人也病愈出院。县卫生防疫部门在省卫生防疫部门的指导下，终于找到了使三百多人中毒的食物，这食物就是我们的双脊。他们说我们双脊的肉和内脏里含着一种沙门菌，这种菌在三千度的高温下还活蹦乱跳，放到锅里煮，煮三年也煮不死它。

找到沙门菌后，阶级斗争就变成了责任事故。公社革委沙门菌中毒事件调查组的两个干部到我们村里来调查，把我、杜大爷、麻叔全都叫到大队部里，一个问，一个拿着笔记录。我是杀死也不开口,问急了我就咧开大嘴装哭。杜大爷也颠三倒四地装糊涂。于是一切就由着麻叔说。麻叔先是说老董同志给双脊做手术时故意切断了一根大血管,又说他拖延着不给双脊打针,他和公社孙主任早有预谋,想把我们的双脊搞死,搞死我们的双脊,他们好吃牛肉,过"五一"。谁知道老天爷开了眼,麻叔说。

调查的人回去怎么样汇报的我们不知道,但这件大事最后的处理结果我们知道。

最后,所有的责任都由杜大爷的四女婿——公社屠宰组组长宋五轮承担,是他不听孙主任的话,把有毒的牛肉卖给了公社的各级领导和机关的各位职工,导致了这次沉痛的事件。尽管宋五轮本人也因为食牛肉中毒,而且是重症患者,但还是受到了撤销组长职务、留党察看一年的处分。

在战无不胜的毛泽东思想的光辉照耀下,在人民解放军的无私帮助下,在省、地、县、公社各级革委的正确领导下,在全体医务人员的共同努力下,三百零八个中毒者,只死了一个人(死于心脏病),这是无产阶级文化大革命的伟大胜利。这事要是发生在万恶的旧社会,三百零八个人,只怕一个也活不了。我们虽然死了一个人，其实等于一个也没死，他是因为心脏病发作而死。

发心脏病而死的那个人就是杜大爷在公社食堂做饭的大闺女女婿张五奎。

我们村里的人都说他是吃牛肉撑死的。

（一九九八年）

我们的七叔

我们磕罢头从七叔的坟墓前站起来。一股美丽的小旋风从地下冒出，在坟墓前俏皮地旋转着。大家都定眼看着小旋风，心里边神神鬼鬼。前来帮忙主祭的王大爷将一杯水酒倒在小旋风中间，说：七哥，你还有什么事放心不下？如果你还有什么事要交代，就给七嫂子托个梦吧。七婶急忙跪倒，哀号着：老头子，老头子，你死得冤枉呀……在七婶的带动下，她的儿子媳妇也跟着跪倒，咧着大嘴号哭，但都是干嚎，光打雷不下雨。七叔的那个尖嘴猴腮、很有些黄鼠狼模样的儿媳，趁着人们不注意，悄悄地往脸上抹唾沫，制造泪流满面的假象。他们的行为把我心里那点悲壮的感情消解得干干净净。父亲对我说过，这帮小家伙，在七叔生前就密谋分裂；尽管七叔请小学校的驼背朱老师用拳头大小的字恭录了毛泽东视察南方的著名讲话贴在墙上警示他们，但就像毛泽东制止不了林彪搞分裂搞阴谋诡计一样，七叔也制止不了儿子们的分裂活动。他一死，就像倒了大树，小猢狲们就等着分家散伙了。他们要我帮他们替父申冤是假，想借机捞点钱是真。面对着这样一些家伙，我还瞎起什么劲呢？

每一次提起笔想写点纪念七叔的文章，都起因于我在梦中见到了他。这些梦像有情有节的电视连续剧一样，已经延续了好几年。我并不是每夜都能梦到他。就像一个清茶朋友似的，每隔一段时间，他便不约而至。这些梦有声有色，十分逼真。梦醒之后，反倒脑袋发木，迷迷糊糊。醒时反似在梦中。现在我好似坐在桌前写字，又怎知不是在梦中呢？当然，这基本上是对庄周的拙劣模仿，明眼人一看便知，但也不必较真就是。

我抱着女儿去七叔家串门。女儿咿呀学语，满头都是奶腥味（她现在已是高中一年级的学生，这说明下面所写，如果不是我的梦境，就是我对过去生活的回忆）。老远就听到院子里乒乒啪啪地响，进院看到，七叔正在修理驴车。车已经散了架，像一堆劈柴，两个车轱辘也扭曲成天津大麻花的形状。七叔，你忙啥呢？我问。七叔抬起头，眯着眼，好像不认识似的看了我们好久，然后苦笑着说：修车。我想：这车怎么会破成这个样子呢？我问：这是咋弄的呢？七叔叹息道：运气不好，撞上了马书记的汽车。我俯下身去，看到车的碎片上，沾着一些黏稠的黑血，还有一些花白的毛发。我问：七叔，这些毛发是你的吗？七叔道：当然是我的，难道不是我的，还能是驴的不成？我用食指和拇指捏起一根又硬又长的刚毛，问七叔：这是啥？七叔怒道：这是驴尾巴毛！他停顿了一下，猛地提高了嗓门，像跟人吵架似的大喊：难道这不是驴毛，还能是我的头发吗？如果我能生长出这样又黑又粗又长的头发，马书记的汽车还敢撞我吗？他怒气冲冲，抡起斧头，将木片砍得像弹片横飞。我说：亲爱的七叔，您哪里是修车？分明是劈柴嘛！七叔用手搔着后脑勺子，嘿嘿嘿嘿地笑了。这时，一群翠绿的苍蝇在七叔周围嗡嗡嘤嘤地飞舞着，好像一片绿云。我猜想它们很可能想落到那些黑血上聚餐，但由于七叔不停顿地挥舞着那柄亮晶晶的板斧，它们怕伤了翅膀，不敢下落。七叔光着脊梁，裸露出棕色的肌肤。他有些瘦，但瘦得很结实，双臂上的肌肉一点也没有萎缩,说发达也是可以的。他穿着一条肥大的笨腰裤子。这种裤子几十年前就被淘汰了。这种裤子就是当年与小推车一样为解放全中国立过战功的裤子。"山东民工两件宝,肥腿裤子破棉袄。"七叔十四岁时就出常备夫,披着一件长过膝盖的破棉袄,穿着一条肥腿裤子,腰带上还装模作样地别着一根旱烟袋。陈毅元帅说淮海战役的胜利是山东人民用小推车推出来的。七叔说,光靠小车不行,急了眼还得靠裤子。嚓,把裤子褪下;嘎嘎,将裤腿双扎;哗哗哗,倒进去一百五十斤粮食,小米或是大米;再用腰带将裤腰扎了口往脖子上一架;双手搂着被粮食撑得饱硬的裤腿,腿肚子一挺,站直了腰;喊着口号光着腚,跟着连长冲下河。粮食是啥?粮食是威力无穷的弹药,弹药是无穷无尽的粮食。知道这话是谁说的吗?许司令!我们民夫连指导员教导我们:丢了裤裆里的鸡巴蛋,也不许丢了脖子上的军粮袋。不靠裤子光靠小车怎么能行。靠近主战场时,路上除了稀泥就是弹坑,小车寸步难行。怎么办?脱裤子卸车,把袋子里的粮食倒到裤子里。裤子得劲。许司令说肥腿裤子是中国人民的第五大发明,是专为战争设计的。裤子运粮得劲呀,要歇口气抽袋烟时,人往地上一跪,头一低,从裤裆里退出来。装满粮食的裤子像半截汉子一样立在地上。歇完了，说声要走，低头钻进裤裆，双手按地，憋一口气，呼的一声就站起来了。用袋子，哪里去找这样的便利？七叔对陈毅元帅的说法很有意见，他认为应该把裤子和小车相提并论。他是个不识字的农民，认死理儿，犟劲得很，希望同志们不要怪罪于他，更不要给他上纲上线。不过你要给他上纲上线我估计他也不会害怕。这人十四岁就在枪林弹雨里穿行，那么多子弹，像飞蝗一样，竟然没有射中他的一根毫毛。其实我这七叔胆子并不大，按我父亲的说法他就是缺心眼儿，活一百八十岁，也是个愣头青。人家说：管老七，这里有口井，井里有毒蛇，你敢跳下去吗？他拧着脖子跟人家吵：你咋知道我不敢跳下去？那人说：我就知道你不敢跳下去。那人还在啰唆呢，我们的七叔已经在井里高叫着骂人了：操你妈，快拽俺上去，井里面有蛤蟆！七叔天不怕地不怕，但害怕蛤蟆，更害怕青蛙。有一次，仇人把一只肥大的青蛙塞进他的破棉袄里，穿袄时青蛙蹦出来，他怪叫一声，往后便倒，人们掐他的人中、扎他的虎口、往他的鼻孔里塞烟末，折腾了半点钟，才把他弄醒。在我们乡里，管老七天不怕地不怕有名；管老七怕青蛙也有名。我们回过头来接着讲小车和裤子的问题。另外这一段好像很长了，为了让你们阅读方便，我们就分个段吧。

我曾经多次批评过七叔：我说七叔，您怎么这么犟劲呢？说淮海战役是山东人民用小车推出来的，就已经是很高的荣耀了，你难道还要陈元帅说淮海战役的胜利是山东人民用裤子扛出来的？像话吗？七叔梗着脖子跟我犟：你们共产党不是最讲实事求是吗？明明是裤子也立有战功，而且战功比小车还大，为什么只提小车，不提裤子？这事儿我至死也不宾服！我说：好七叔您听我说，陈元帅那句话，是一种夸张的文学语言，他老人家在参加革命之前，是一个青年小说家，曾经在报刊上发表过好几篇小说，参加革命后，还是隔三岔五的写一些诗词，解放后还跟伟大领袖毛主席通信讨论诗歌作法呢！七叔打断我的话，瞪着眼说：还有这等事儿？我怎么不知道呢？那时候我给许司令当勤务员，三天两头的去野司送信，跟陈司令熟得很，我怎么没看到陈司令写诗呢？我说：行了，七叔，您就别吹了。您不是去出常备夫吗？怎么又成了许司令的勤务员了呢？七叔悲伤地垂下头，说：贤侄，连你都不相信我，我真难过……我不愿让他伤心，便说：七叔，我基本上还是相信你的，我看过你的功劳牌子，那总是真的嘛。七叔的眼圈顿时红了,他伸出坚硬的大手,紧紧地抓着我的手摇晃着,说:到底是读过书的,到底是读过书的……你等着我,贤侄,千万别走。他松开我的手,弓着佝偻的腰,匆匆往屋里跑去,跑到门口时又特意回头叮嘱:千万别走哇!他的目光是那样的感人至深,又是那样的可怜,尽管我知道接下来的节目是什么,但我实在是不愿伤了七叔的心,他毕竟也是六十多岁的人了。

好,请看下一段。

我知道七叔进屋去干什么,你们也猜到了他进屋去干什么。我透过他家的窗户看到他跳到炕上,跷起脚来,伸手从梁头上摸下了那个我非常熟悉的牛皮挎包,挎包里装着一枚淮海战役纪念章。这是七叔的命根子,任何人不许动。我那些堂弟为了探索挎包中的秘密,都挨过七叔的老拳。文化大革命前,每逢国家的重大节日,七叔就自动休假。他的行为在我们农村,那是十分地不合时宜。自从盘古开天地,三皇五帝到如今,农民没有休假的。我爷爷说:老七呀,你老人家就不要给咱老管家丢人败坏了。爷爷的话,七叔听也不听。他穿上那套土黄色的棉军装,斜背上牛皮挎包,将淮海战役纪念章别在左胸前,昂首挺胸,专拣人多的地方去。人们见他来了，便故意地说：这是从哪里来了个大干部呀？看那派头，最不济也是个县长。七叔走上前去，鄙视地说：狗眼看人低，县长算什么？我的战友，最没出息的也是地区的专员了。从此，人们送七叔一个外号："管专员"。这个外号让七叔十分得意，逢人便说：管专员管专员，我管着专员，起码该是个副省长了。他对我说过许多次：贤侄，咱这个姓真是妙极了，无论上级封咱个啥官，都要大一级，封咱县长咱管着县长，封咱省长咱管着省长。我说：七叔，可惜上级啥也不封咱。七叔道：不封咱咱也不怕，最次咱也是个社员吧？管社员，管社员的起码也是个生产队长嘛！他还悄悄地对我说：贤侄，人是衣服马是鞍，此话丁点儿也不假。我穿上这套衣裳，立马就不一样，连你爷爷这个老顽固都对我另眼相看了，你知不知道他叫我什么？他叫我"老人家"。呵呵，连我的亲大爷都要叫我"老人家"，你说有趣不有趣？我说有趣有趣真有趣。七叔只有一套棉军衣，但国家的重大节日却是四季都有，为了光荣和信仰，七叔不得不忍受着肉体的痛苦。"六一"、"七一"和"八一"，这三个光荣的节日，在我这种觉悟不高、没有远大理想和崇高信仰的家伙眼里，简直就是七叔的受难日。他头戴着那种我们在电影里经常看到的、有两扇耳朵的棉军帽，上身棉袄，下身棉裤，都是又肥又大、鼓鼓囊囊，脚上是一双笨重的高腰翻毛牛皮靴子。我们光背赤脚、只穿一条裤头都浑身冒汗，他老人家又黑又瘦的长条脸上竟然没有一滴汗珠。问他热不热，他惊讶地反问我们：怎么？你们热？我怎么不觉得热？我觉得凉快得很呐！就冲着这一点，我们就不得不佩服他。

七叔是个奇人、怪人，所谓奇人、怪人，就是非同寻常、有过人之处的人。他第一次盛装游村，身后紧跟着一大群看热闹的孩子，大人们也感到新奇。面对着这样一个人，众人的心情其实很复杂，不是能用一句两句话说清楚的。人们奚落他、取笑他、讽刺他、挖苦他、甚至辱骂他，但看到他那包裹在棉衣里竟然滴水不出的瘦而不弱的身体，一种严肃的思想，就暗暗地生长起来了。另外，除了每逢国家例行假日他不干农活之外，其余的时间里，他勤勤恳恳、任劳任怨、爱社如家、大公无私、一不怕苦、二不怕死，是一个非常优秀、非常杰出的人民公社社员，这一点赢得了老少爷们的尊敬，也赢得了村干部、包括村党支部书记的理解。据说，七叔第一次公然旷工、游村夸功时，引起了全村震动。群众议论纷纷。干部们连夜开会，研究解决问题的办法。幸好假日一过，七叔立即恢复正常，好像什么事也没发生过一样。渐渐地，人们就把七叔的行为当成了一种周期性发作的神圣疾病，无人再去笑他骂他，也没人再去跟他攀比。每逢国家例行假日，管老七就可以不干活，爱谁谁，都没脾气。在那些神圣的日子里，我们的七叔就像印度国的牛一样，享受着特殊的优待。

我的堂弟、七叔的大儿子、名叫解放的那个赖皮家伙，错以为他爹享受的特殊待遇是因为那套军装和那枚淮海战役纪念章。在一个国家例假日的黎明前的黑暗里，偷偷地他将七叔的全套行头抱到高粱地里，人模狗样的穿戴起来，等到太阳升起，便学着七叔的样子，上大街游行漫步。眼睛雪亮的人民群众立即发现光荣的军棉衣里藏着虚假的内容，这家伙顿时成了过街老鼠，被人人喊打。他见事不好，撒腿就往家跑。愤怒的群众，手持农具，像追赶盗贼一样，奋力追打。如果不是这家伙跑得快，那一天很可能就是他逝世的日子。堂弟的行为让七叔恼了大火，他提着一把斧头，死追不舍。一边追赶一边声嘶力竭地高喊：立住，你个邱清泉！立住，你个杜聿明！堂弟急中生智，钻进我家，跪在我爷爷面前，哭叫着：大爷爷，救命吧，俺爹要杀我。这时，七叔追了进来。他的瘦脸，仿佛刚从炉子里提出来的铁，双眼沁血，活似疯狗——请原谅七叔——他举起斧头，对准解放的后脑勺子毫不做作地下了家伙。我爷爷当时正好在院子里铲鸡屎，手里持一张铁锹——也是堂弟命不该绝——爷爷情急智生，举起铁锹挡住了堂弟的脑袋。只听得当啷一声巨响，斧头正砍在锹头上。爷爷虎口麻木，铁锹落地。细看时钢板的锹头竟被七叔的利斧砍开了一个大豁口。堂弟怪叫一声，三魂丢了两魂半，打了一个滚，瘫在地上，宛如一摊稀屎。爷爷目瞪口呆，面色灰白，怔了好久，才说：老七，你还动真格的了？七叔瞪着眼说：你以为我是跟你们闹着玩吗？革命不是请客吃饭，不是大闺女绣花！爷爷说：好好好，七爷，您厉害，我怕您，行了吧？爷爷转身要走，堂弟见事不好，上前搂住爷爷的腿，求道：大爷爷，您要放手不管，孙子我可就没了命了……爷爷恼怒地说：滚开！你是他的儿子，他是你的爹，爹要杀儿子，与我有什么关系？七叔对爷爷说：大伯，欢迎您终于站到了人民的立场上。爷爷被他气得哭笑不得，他却笑嘻嘻地把儿子押走了，好像抓了一个俘虏。

　　我永远忘不了七叔手举着利斧追赶盗穿了他的光荣军服的无赖儿子的情景。毫不夸张地说那情景有点惊心动魄。请诸位朋友跟着我想一想吧：在一个六月的清晨，一轮红日初升，照耀着村中铺满黄土的大道和站立在土墙上啼鸣的红毛公鸡，村民们手捧着粗瓷大碗站在街边吃饭——这是我们那儿的习惯——就看到一个土黄色的鼓鼓囊囊的大物，腿脚麻乱地往前滚动着，嘴里发出狗转节子般的怪叫声：救命哇……救命哇……七癫要杀人啦……在他身后十几米处，七叔穿着一条辨不清颜色的大裤衩子，身上裸露的肌肤像黑色的胶皮，看上去很有弹性。他高举着那柄亮晶晶的小板斧，气喘吁吁地吼叫着：抓抓抓……抓反革命呀……抓反革命……七叔到底是上了年纪，虽有雷电火花的意识，恨不能变成一束激光，恨不能变成一粒子弹，但衰老的肉体不给他争气。他的腿抬得很高，步子迈得很大，但前进的速度不快。他那样子有点像电影里经常出现的"慢镜头"，既古怪又滑稽，让路边的乡亲们无所措手足，不知是该帮他截住儿子，还是该帮他儿子截住他；让路边的乡亲无所措嘴脸，不知是该哭还是该笑。那些从高粱地里手持农具把他儿子轰赶出来的早起的乡亲们，自从七叔接班追赶以后，便自动退出了热烈的行列，变成了清冷的旁观。事关集体的事情变成了七叔的家务事。七叔和他的儿子在家乡清晨的漫长大街上追逐着，他们的脚踢起一团团黄色的尘土，他们惊得鸡飞狗跳墙，这是一起正在进行中的图谋杀人的事件，人们盼望着它的结局。我知道大多数人盼望着七叔把他儿子的脑袋砍下来，那样将会给死水一潭的农村生活增添很多乐趣，将会给捧着大碗在路边吃饭的无聊乡亲制造一个生气蓬勃的话题，这个话题将在村里被议论三十年，经过三十年的添油加醋、夸张渲染，进入历史的事件将与真实的事件产生很大的距离，你们信不信，你们不信，反正我信。

我也永远忘不了七叔押着他的儿子走在大街上的情景。正与我的父亲经常说的一样，"虎毒不食亲儿"，七叔押着儿子返回时，他的鼻尖距离儿子的后脑勺只有半米光景，正是挥斧砍杀的最佳距离，七叔只要一挥手，便可以让儿子的脑袋开瓢或是滚落尘埃。但七叔不动手。他的儿子每走两步便回一次头，可怜巴巴地说：爹，俺错了，俺错了还不行吗？七叔严肃地说：好好走，不要调皮！但我估计堂弟胆寒得很，他那后脑勺子上一定凉气森森，所以他还是不间断地回头认错。他那酷似七叔的瘦长的小脸上，布满了汗水和灰尘。我这堂弟其实是个坏得不得了的家伙。他狡猾多疑，自私自利，又馋又懒，给他一块糖，他就可以毫不犹豫地出卖自己的亲爹。如果高兴，我可能在后边多给你们讲一点他的事。

　　事过多年后，回头想想，必须承认，那天早晨，街上看热闹的大多数人，包括我在内，都殷切地盼望着七叔在押送解放还家的归途中，抡起斧头，让解放的脑浆溅落尘埃。七叔冷笑道：我的心，像大玻璃镜子一样，明光光一尘不染，你们心里想的啥我全都知道，但你们不懂我军的俘虏政策。解放不投降，我可以消灭他；解放投降了，就是我们的俘虏。杀俘虏，那是要犯严重错误的！你懂不懂？人可不能好了疮疤忘了痛，你七叔我，当年就是被解放军俘虏的。解放军优待俘虏，大馒头、大白菜炖大豆腐，热气腾腾，管够。指导员说：弟兄们，放开肚皮吃，吃饱了，想回家的发给路费，不想回家的，就留下跟我们干。奶奶的，只有傻瓜才回家。回家干什么？回家连地瓜干子都没得吃，这里大馒头管够。我问：七叔，您不是许司令的勤务员吗？怎么又成了俘虏兵了呢？七叔红了脸，恼羞成怒，道：你爱信不信。我告诉你那是战争年代！战争年代，风云变幻，像狗脸一样，说翻就翻！战争，懂不懂？美国造黄铜壳大炮弹，明光耀眼，小牛犊似的，从天空里打着滚落下来，轰隆一声巨响，一家伙就炸出个大湾，十几米深，湾里水瓦蓝。战争，枪林弹雨，白刀子进去，红刀子出来，说死就死，不是好玩的。

我把话头扯得太远了点，对不起你们。前边说到七叔跳到炕上去拿他的牛皮挎包，那是他的宝贝。现在，他双手捧着宝贝站在我的面前。我的怀里，抱着不满周岁的女儿。我猜想那个挎包年轻时，必是油光闪闪，温良如玉，呈现着鲜明的棕红色。但现在它像七叔一样老了。它颜色发黑，失去了光泽，铜件上生着斑斑绿锈。七叔蹲在我的面前，打开挎包，拿出一个红布包儿。红布因年代久远，颜色发黑。七叔神色郑重，解布包时手指微微颤抖。我虽然知道包里有什么，但还是被他制造的庄严气氛感染，不由得肃然起了敬意。那枚镀铜褪尽的淮海战役纪念章终于又一次呈现在我的眼前，当然也呈现在我女儿的眼前。与现在的富丽堂皇的豪华纪念章相比，七叔的宝贝实在是太寒酸了。说句难听的话，那简直就是一块破铜烂铁，扔在大街上也没人去捡。但这东西在七叔的心目中，神圣无比。

我们学校曾经排演过一出戏，戏里有一个解放军的功臣还乡报杀父之仇，负责导演又兼主演的常老师在我的陪同下，到七叔家去借他那套著名的服装，当然也包括那枚光荣的纪念章。常老师说明了来意，并反复强调了我们排演这出戏对于教育农民的重要意义。常老师说：老管同志，我们伟大的领袖毛主席他老人家教导我们说，"重要的问题是教育农民"，这您是应该知道的。七叔满面赤红，好像要哭出来的样子。他说：常老师，我把老婆借给你们行不行？常老师愣了一会儿，随即满脸通红，表现出十分的尴尬。后来，在村党支部书记的干预下，七叔不得不把他的宝贝借给了我们学生剧团，但他老人家也就成了我们的义务道具员，我们到哪里去演出，他就跟到哪里。那时我们有饱满的革命激情，为了宣传毛泽东思想，不怕寒冷和疲劳，像日本鬼子拉网一样，不放过高密东北乡每一个村庄。那时候我们是上午学习，下午就往晚上演出的村庄进发。七叔白天要参加生产队的劳动，晚上还不能耽误了我们的演出，耽误了演出那就是个政治态度问题，随便给他扣上一顶帽子就够他受的。因为他的小气，我们宣传队都对他有意见。宣传队的队长就是那个跟我一起去向他借服装的常老师，当时他用那么难听的话顶了人家，让人家下不了台，你想想吧，还会有他的好果子吃吗？我们宣传队长说：管老七，借用你的服装，是革命的需要，支部书记也说了话的；既然你不放心，非要自己跟着，我们也拿你没办法，但是，你听明白，如果你耽误了我们演出，你就是破坏宣传毛泽东思想,破坏宣传毛泽东思想就是彻头彻尾的反革命,你听明白了吗?七叔满不在乎地说:听明白了,队长同志,您就把心放在肚皮里吧。想当年俺冒着枪林弹雨往前沿阵地给解放军送炮弹,那活儿,跟这活儿,比较起来,这活儿,就好比是张飞吃豆芽——小菜一盘。宣传队长点点头,拖着长腔说:好哇!队长的话里,暗藏着杀机,连我这个缺心眼的都听得出来,七叔却兴冲冲地说:您就瞧好吧,队长。毕竟是一笔难写两个管字,我悄悄地对他说:七叔,小心点吧,队长要收拾你呐!他却笑嘻嘻地说:忠不忠看行动,我要用实际的行动告诉你们,重要的问题是教育老师,而不是教育农民。

说话多容易啊,嘴唇一碰,舌头一弯,十万八千里就出去了,可要走一里路,最少也要迈上五百步。高密东北乡土地辽阔,村与村之间相距最近也有八里路,远的有四十里。那时候条件差,别说汽车,连自行车也是罕有之物。我们村只有两辆自行车,一辆是支部书记的,另外一辆,是麻风病人方人美的。方人美没有自行车之前,人们害怕传染,都躲着他;但自从置上了自行车之后,他就吃了香。据方人美说,七叔为了赶场,曾去向他借自行车,还用大道理吓他,用大帽子压他。方人美眨着可怕的疤眼睛说：去你妈的管老七，宣传队有什么了不起？老子在麻风院治病时，也是毛泽东思想宣传队的，还是副队长呢！你吓唬谁呀！我们去县委礼堂演出，连县革命委员会主任毛森都去观看。看完了还上台讲话，讲完了话还挨个儿跟我们握手、照相，那真叫亲密无缝，连根针也插不进去。知道我们麻风院毛泽东思想宣传队的拿手好戏是哪一出吗？革命样板戏《沙家浜》。知道咱在戏里扮演啥角色吗？革命英雄郭建光。知道扮演阿庆嫂的是谁吗？俺的老婆黄春芳。我们也有恋爱的权利呀。七叔坚决否认他曾经去借过方人美的自行车。看把他烧包的吧，七叔说，人无志气，犹如树无皮。我宁愿爬着去，也不骑他的麻风车。老子要骑就骑高头大马，左拎牛皮包，右拎驳壳枪，牛皮的宽腰带拦腰一扎，手提缰绳，腿夹马腹，那是什么样的感觉！但战争年代早就过去了，马已经快要绝迹了。这种动物不但要吃草，而且还要吃料，生产队里哪里去弄草料喂它们？战争激烈的年代才是马的黄金岁月。现在生产队里只养着七头老牛，两匹瘦驴。瘦到啥程度？像皮影似的。七叔说，这驴，脊梁比刀还快，女人骑最好，坐上去，一颠，嚓，像切瓜一样，顺着缝儿就劈成了两半。其实，就连这样的驴，七叔也捞不到骑，他能自由支配的，只有自己的两条腿。

为了不耽误我们的演出，也为了他发下的高昂誓言，更为了保护他的宝物，在那个冬天里，七叔大大的辛苦。他撕下一条被单，把他的军棉衣、军棉帽、大皮靴精心包扎起来，那枚纪念章自然是揣在怀里。傍晚收工后，他扛着农具，往家飞跑，有时候跑得比骑着自行车的方人美还要快。一进家门，扔下农具，揭开锅盖，抓起一个烫手的地瓜，把大包袱往肩上一抢，不顾儿子们的吵闹，不顾圈里的猪饿得吱吱叫，不顾七婶的嘟哝，风风火火地蹿出家门，向我们演戏的村庄奔跑。七叔从来不说"奔跑"，他用的都是军事术语，"急行军"啦，"打攻击"啦，"强冲锋"啦，一张嘴就透着不凡。那一年他将近四十岁了，营养状况也不好，白天在生产队里熬了一天，晚上再来一次"急行军"，的确是够他一受。但这仅仅是我的担忧，七叔心里怎么想我不知道，反正他的嘴里从没说过草鸡话。幸好那解放军的英雄是在戏即将结尾时才出场，这样就给七叔留下了比较充裕的赶路时间。否则，即便他跑得比野兔还快，也要误了场。

前边我交代过，高密东北乡最边远的那个村庄离我们村有四十多里路，那个村庄很小，只有十几户人家，总人口不超过七十，村名却牛皮哄哄的叫作大屯。素有"大屯不大，小屯不小"的说法。其实我们去小屯演出时，大屯的人几乎全都去看了。大屯比小屯还要远七里路。我们都不愿再往这大屯跑一趟，可我们这该死的队长非要去。我心里明白，这老兄多半是为了修理我七叔才安排了去大屯的演出，并不是像他嘴里说的那样，什么宣传毛泽东思想不能留一点死角。他是队长、导演、主演，他的话就是圣旨，谁敢不听，他就给人扣大帽子。而且他还给我们许愿，说路程超过了四十里，就可以每人报销五毛钱。那时候五毛钱对我们这些小学生来说可不是一笔小钱，恰好能买一对大无畏牌干电池呢。那时我们只要有一只灯塔牌手电筒，再配上一副大无畏牌干电池，就是十足的神气了。晚上走夜路既壮自己的胆，又能勾搭上女同学与我们同行。我们班最美丽的女生名叫郭红花。后来她嫌此名太土，改成郭江青。粉碎"四人帮"后，她又嫌此名太臭，改成了郭安娜。关于这个美丽的女同学的事我们后边再说吧。

下边我偷空谈谈给手电筒对焦距的问题。一般人给手电筒对焦距是扭动前头的螺丝，我的发明是不但要扭动前头的螺丝，而且还要扭动灯泡，调整灯泡与灯锅之间的距离。多了这一招，我的手电筒射出的光束像利剑一样刺破黑暗,把同学们的手电筒全都给斩了。连我们老师那个三节电池的手电筒都给毙了。我这一辈子在人前很少出过什么风头,在玩手电筒方面,却是技压群芳,独领风骚。每逢我们的节目演完,摸黑往家走时,我的手电筒一开,就有一道雪亮的光柱刺破黑暗,那些女生们便跟在我身后,娇声娇气地夸我的手电筒:哇!真亮!哇!射得真远!而在我心中,夸我的手电筒也就是夸我了。那群女生中,自然有那位当时名叫郭江青的女生。她经常娇滴滴地大喊:管谟业呀,你等等我嘛!我那时满脑袋都是封建主义思想,对她这种娇声很不习惯,很反感,所以她越叫,我走得越快。那时我最怕女生对我表示特别的热情,哪个女生对我好,我就对她恶声恶气,但当这个女生对别的同学表示亲热时,我心里又很生气。可见我从小就不是个好同志。书归正传,尽管我是十分地想接着茬儿往下说郭江青的事。

我们吃过午饭就出发,紧着走慢着走,赶到大屯时,红日已经西沉了。下午刮着很大的西北风,没有八级也有七级。风从后边鼓动着我们,吹得我们腿轻脚快,一路小跑。日落之后,北风止了。这就是说七叔的来路上得不到西北风的助力,他今晚的赶场将是十分地困难呐!我们赶到大屯,首先去找村革委会主任。主任喝醉了，正在家中和老婆打架，闹得鸡飞狗叫。我们进入他家院子时，他的老婆正坐在院子里号啕大哭。她的鼻子破了，抹得满脸是血，好像刚从战场上抢救下来的重伤员。主任醉眼乜斜，左手叉腰，右手挥舞着，好像列宁在十月里讲演的样子：狗娘养的个王八蛋，你以为我还不敢揍你是不是？彻底的唯物主义者是无所畏惧的，老子今日就要对你实行无产阶级专政！我们队长上去跟他说晚上演出的事，他骂骂咧咧：演你妈个鸡巴蛋！我们队长说：熊主任，我们是大羊栏小学毛泽东思想宣传队！你竟敢骂我们演鸡巴蛋？！主任一愣，那酒立马就醒了：欢迎欢迎，我说我老婆哭个鸡巴蛋呢，这臭娘们，是属破车子的，三天不打，上房揭瓦；队长同志，您要有劲儿，就把她弄到炕上去修理修理。队长说：熊主任，我们给你谈正经事呢！主任道：俺听着呢！队长说：三件事。一，让四类分子去扎台子；二，准备一盏汽灯；三，安排一户老贫农，给我们煮锅地瓜吃。主任说：好说好说。一会儿工夫，台子搭好了。一会儿工夫，汽灯点亮了。一会儿工夫，地瓜煮熟了。

我们围坐在老贫农家的锅灶前吃地瓜。地瓜煮得很烂，像熟透的柿子似的，烫嘴的一包蜜。这是我们下乡演出以来享受的最高礼遇。大屯人老实，听话，煮放浆的热地瓜给我们吃；小屯人不尿我们队长那一壶。队长让小屯革委会主任安排个堡垒户煮地瓜给我们吃，那混蛋却说：毛主席教导我们"要斗私批修"，你们吃生产队里的地瓜，正是私字当头的表现，一群私字当头的人，还鸡巴宣传队呢！弄得我们队长无言可对。我们吸吸溜溜地大吃地瓜，嘴巴子烫得发麻。老大娘说：孩子们，慢点吃，别烫着，吃了不够大娘再煮一锅。吃地瓜时，我就发现队长脸上时时浮起一丝奸笑，像样板戏中的参谋长刁德一似的。我马上就猜到了队长的奸笑是针对着七叔的，这个晚上够他老人家受的。我们大吃地瓜时，七叔正在被狂风刮得灰白的大道上，进行着他的急行军。他肚子里没食儿，又干了一天活，一定是眼冒金花，双腿酸软了吧？但这只是我的想象，究竟什么感觉，只有他自己知道。

吃罢地瓜，大家心满意足地抹抹嘴，有的还打着难听的饱嗝。我们像一群猫，围在老大娘热乎乎的锅台边不想离开。老大娘摸着郭江青的脑袋，一个劲儿夸奖：这闺女，像那画中人似的，真叫那个俊！把郭江青美得合不拢嘴。队长道：快快，别磨蹭了，抓紧时间化妆。于是大家就在老大娘家开始化妆。我这模样，只能演反面角色，不是匪兵甲，就是汉奸乙。这种角色，化妆容易，伸手到锅底，抹来两手灰，往脸上一搓，只剩下牙和眼白是白的，这就行了。整个化妆过程用不了三分钟。正面人物的化妆就要麻烦多了。譬如郭江青，她从来都是演正面人物的，她化妆要先上底色，用那种一管管的颜料，七调八调，把个小脸抹得花里胡哨，然后用墨笔把眼眉描得像柳叶似的。双眉之间，还用红颜色点上一个大大的圆点。化完妆后的她，真真是千娇百媚，如花似玉，小狐狸精似的。对于化好妆后的郭江青，我是既爱又怕，因为我们那里狐狸很多，有关狐狸精的传说比狐狸还要多，在深夜的舞台上，被雪亮的汽灯光一耀，她又扭又唱，妖气横生，我闹不清她是人多一些，还是狐狸多一些。闲话少说，我们在队长的催促下，很快化好了妆，拿着简单的行头，就到了戏台后。三通锣鼓敲罢，戏就开场了。

我们几个匪兵弓着腰、端着枪——枪是木枪，涂了黑墨——在舞台上转了两圈，开枪射杀了老百姓几只母鸡——我们开枪时，有人在后台砸响了几粒火药纸，紧接着有人把几只道具鸡扔到舞台上。我特别希望能得到在后台砸火药纸的工作，但我们队长不答应——那所谓舞台，也就是平地上扔上了一点黄土，高出地面半米光景，台上铺上一领破席。台边上放两条板凳，坐着拉胡琴的和敲锣鼓的。台前竖一根高杆子,杆子上挂一盏汽灯。汽灯真是好东西,用一个石棉网作灯泡,下边有一个小气筒子往里打气。气越足越亮。那个亮,真叫亮,不是假亮。眼盯着汽灯看一分钟,回头往外看,那夜色就比墨汁还要黑。各位同志们,有一个问题我怎么想也想不明白:为什么从前的夜色是那样的黑呢?所谓黑得伸手不见十指是常有的事,而现在再也没有那么黑的夜色了,那么黑的夜色跑到哪里去了呢?

在舞台上转了两圈,基本上就没有我们什么事了。几个主要人物在台上咿咿呀呀地唱,一把胡琴吱吱呀呀地伴奏着。唱的是啥我也听不清。也许有人能听清,那是他们的事,与我没有关系。我与几个演匪兵的同学坐在所谓的后台的一条板凳上,冻得鼻流清涕,脚像猫咬似的。台上的把戏看了几十遍了,没什么好看的,唯一好看点的是郭江青的脸,但她时刻不忘面对观众,我们只能看到她的背。她的背没什么好看的,于是我就看舞台下的观众。在汽灯照亮的那个圈子里,零零落落地坐着几十个老乡。看了一会儿,那些上年纪的扛着板凳先走了,台下只剩下十几个拖着鼻涕水的半大小子。半大小子不怕冷,不怕热,不怕苦,不怕死,是最具有革命精神的年龄。天太冷了,河里的冰嘎巴嘎巴地响,地面上结了一层白霜，我们穿着棉衣还冻得够呛，舞台上那些主角们穿着单衣，我估计她们的血都快凉透了。台下那些小家伙的嘴脸渐渐模糊起来，在雪亮的灯光下，我分明地发现他们的眉眼有些古怪，挤眉弄眼的他们很让我想起狐狸变成的小妖精。越看越觉得他们像妖精。怪不得他们不怕冷，原来他们是狐狸。狐狸的皮毛越到冬天越丰厚，它们怎么会冷呢？我想起七叔讲过的一个故事，七叔是很少讲故事的，但他不讲便罢，讲必精彩。

他说：旧社会有一个戏班子，住在一个鸡毛店里，正为没人请戏、寻不到饭辙发愁呢。突然，来了两个穿袍戴帽、时时务务的人，说家里有重大庆典，想请戏班子去演出，说着就拍出一摞大洋作定钱，把个戏班老板喜得差点昏过去。黄昏时，来了十几辆马拉轿车子，一条龙似的排在街上。赶车的都穿着狐皮领子大衣，十分地气派。那些拉车的马，一律枣红色，浑身没有一根杂毛，眼如铜铃，耳如削竹，胖得像蜡烛一样。演员们匆匆把箱搬上车，人也跟着钻上去。他们还没受过这样的礼遇呢，坐在豪华的车上，都有点受宠若惊的意思。班主在车上还不忘给演员们做思想鼓动工作，他要大家把看家的本领都拿出来，争取唱红，把过年的钱挣足。演员们自然也是摩拳擦掌，恨不得立刻就登台表演。他们上车时已是红日西沉,走了一会儿,暮色渐渐深重。大家的心忽然揪起来。他们几乎同时发现,听不到马蹄声,也听不到车轮声,只有呼呼的风声。班主大着胆子掀开车帘,往外一瞅,叫了一声亲娘,脸色突变。他看到,轿车子正在空中飞翔。他还看到,在半轮黄月的辉映下,灰白的土地、银色的河流、萧条的树梢,都匆匆地往后退去。女演员们都吓得面无人色,浑身哆嗦;男演员也好不到哪里去。班主渐渐冷静下来,这就叫"无事胆不能大,有事胆不能小"。不知飞行了多远,感觉到车子渐渐地降落云头,终于落了地。都腿打着战、心打着鼓、牙打着战,钻出了飞车。一看,好一派繁华景象。但见那高楼华屋鳞次栉比;大街坦荡,小巷曲折;家家门前还挂着大红灯笼,俨然是一片盛大庆典的模样。戏子们一下车,立即就有管事的人上来迎接。点头哈腰,彬彬有礼,好像君子国中人。把戏子们迎到屋里去,见室内一色的紫檀木雕花家具,墙上挂着名人字画,雅气逼人。刚刚落座,立即就有小鬟环献上茶来,那茶水异香扑鼻,戏子们闻所未闻。一杯茶过,又有精美点心献上来。自然也不是寻常货色。点心用罢,又上大餐,那真是山珍海味,国色天香,戏子们别说吃,连见也没见过。用罢饭,管事人将戏班引到舞台边,并告诉说这是为家中的老太爷庆祝百岁诞辰，希望大家好好演，演完后老太爷必有重赏。再看那戏台，用一色的粗大杉木搭起，高大巍峨，俨然空中楼阁。只见那戏台周围，挂满了大红灯笼，虚无缥缈，宛若神仙境界。此时的演员们，其实已经忘记了恐惧，说他们沉浸在幸福当中也不是不可以。但那老奸巨猾的班主偏偏多事，他打头就要演关老爷的戏，并且要演员用有避邪作用的朱砂涂了大红的脸谱。三通锣鼓敲过，关老爷用袍袖遮着脸上了场。走到前台，一声叫板，声彻云霄，然后猛甩袍袖一亮相——老天爷，这一下子可不得了了！只听到台下一阵鬼哭狼嚎，所有的灯笼一齐熄灭，所有的美景全部消失，戏台也轰然坍塌，什么也没有了，只有黑，一团漆黑，黑得伸手不见五指。紧接着狂风大作，飞沙走石，刮得那些戏子叫哭连天。好不容易等到天明，才发现整个戏班子在一片乱葬岗子上打滚。七叔说：关老爷是啥？伏魔大帝！几个草狐狸精哪顶得住他老人家的镇压？

听罢七叔的故事，我对那个戏班子老板意见很大，这个人不够意思，就算我们是狐狸，可我们一片热忱把你们请来，好茶好饭伺候着，你们何必装神弄鬼地吓唬我们呢？我估计那帮演员也要抱怨他们的班主，瞎请什么关老爷呀，生生把一场好戏给搅了，否则人狐共乐，其乐融融，该是一幅多么美妙的图画！七叔说：瞧这傻孩子，竟然当真了！

想着狐狸们的故事，我们的戏渐渐逼近了尾声。

队长就要上场了，可是七叔还不见踪影。我们的队长画了一张大红脸，红脸上两道剑眉，直插到鬓角里去。这是那个年代里最流行的英雄脸谱，二郎神也似，十分地威风可怕。天气干冷，寒气从大地深处上升。我们队长鼻子尖上挂着一滴清鼻涕，结成了冰凌。他老人家的鼻子毫无疑问是冻僵了，像一根通红的胡萝卜。他在后台上走来走去，不知道是心焦意乱呢还是冻得难以坐住，如果是后者，那么他就是要借不断的运动来活动筋骨，加快血液循环，增强肌体的御寒能力。

前台上，胡琴吱吱扭扭地响着。拉胡琴的朱老师是个很严重的罗锅腰子，还是个很严重的近视眼。他那副白边眼镜的腿儿不知断过多少次了，用胶布横缠竖绑着。他是个老右派，划成右派前家里成分是富农。据说他还参加过国民党，还在国民党领导的三青团里当过训导员。这可是个像五香面儿一样滋味丰富的坏蛋，无论搞什么运动，都逃脱不了他。镇压反革命跑不了他，整风反右跑不了他，土地改革跑不了他，四清运动也跑不了他，他是真正货真价实的老运动员。之所以在这么多次运动中没要了他的小命，就在于这个老东西会的手艺实在是太多了。他会拉京胡、板胡、二胡，不但能拉，还能制造乐器。他造了一把四根琴弦、双马尾弓子的胡琴，拉起来双声双调，一把琴发出两把琴的声音，大大提高了劳动生产率，等于一个人干了两个人的活。他能吹长笛、短笛，还能呜呜咽咽地在月下吹箫。后来流行用西洋乐器伴奏京剧，他拆了自家一个梧桐木风箱，刀砍斧刹，硬是自制了一把小提琴。这件事在高密东北乡引起不小的轰动，我七叔说那把小提琴的模样很像日本鬼子使用的歪把子机关枪。朱老师拉提琴也是无师自通。这老家伙毫无疑问是一个伟大的发明家，同时还是个能工巧匠。人们都说：老朱除了不会生小孩之外，什么都会。他拉起提琴来的样子，的确是奇形怪状，我无法用文字来描述，只能靠你们自己来想象。请想象吧：一个永远腰弓成九十度、戴着横缠竖绑的千度近视眼镜、留着大背头、穿着对襟小棉袄的人，竟然在舞台上用自制的小提琴演奏革命样板戏，你说美妙不美妙。他除了音乐方面的天才外，还是个相当不错的书法家，行楷篆隶，无一不能。我们村家家门上贴的对联都是出自他的手笔。春节前几天，他在学校办公室里那副破乒乓球案桌上，泼墨挥毫，所有的词儿都是毛主席诗词。给人家新婚夫妇写对联他就写：天生一个仙人洞，无限风光在险峰。这词儿常常引起一些流氓分子的想入非非，但他们不敢把心里的流氓想法说出。我也是众流氓中的一个，去人家闹喜房时，找不到个办法发泄青春的热情，便站在人家洞房窗外，一遍一遍又一遍地高声朗读：天生一个仙人洞，无限风光在险峰。天生一个仙人洞，无限风光在险峰……闹得人家的老人莫名其妙，不胜厌烦：孩子们，别吵吵了，天都快要亮了，回家睡觉去吧。我们的朱老师还是个体育运动的积极参加者，别看他弓腰驼背，条件艰苦。他最喜欢的运动是打篮球，运球过人，带球上篮，矫健得像只豹子，而且投篮还是一等一的准确。有人要问了：这怎么可能呢？一个罗锅腰子还能打篮球？并且还能打得很好？我说的你如果不信，你可以到我们村调查去。他还喜欢打乒乓球，那时我们国家正是乒乓热潮，每个学校都垒起土台子，乒乒乓乓打起来。我们学校那三个露天土台子就是朱老师领着我们垒起来的。没有砖头，我们就去扒无主的荒坟；没有钱买水泥抹台面，我们就去捡鸡屎卖钱。朱老师捡鸡屎是一绝，原因嘛我不说大家也能想象出来。同样的原因，朱老师发球具有十分的隐蔽性，谁也猜不到他发出的球是个什么旋法。县里的冠军与他比赛，被他打了个落花流水，气得那个小白脸儿小脸通红，连说：怪球怪球。我们都毫不怀疑地认为：如果朱老师不是右派，拿回个世界冠军也不是不可能的。

我们冻得要死，可朱老师却满头大汗。他拉琴的动作很大，像老木匠拉大锯似的。我们看到他头上冒着白色的水蒸气，腾腾的，好像一座小锅炉。我们羡慕他身上的热度，但都知道他不是常人，羡慕也没用。他老人家是音乐天才、体育天才，还是天生的抗寒种子。村里人私下议论：这家伙要不是右派，要不是弓腰，要不是近视，地球如何能盛得下他？只剩下最后的一个唱段了，朱老师开足马力拉着过门：里格龙里格龙里格龙龙……那熟悉又亲切的家乡戏的旋律在我的耳边回旋着，使我的心中泛起酸菜缸的气味，过去的岁月又历历在目……常队长倒背着手，像一只大狗熊似的在后台转圈子。我暗中猜测，他虽然念念不忘找个机会整治七叔，但真要误了场，破坏了这场戏，他也是吃不了兜着走。那个年头跟现在大不一样，没有亲身经过的说也不明白，亲身经过的不说也能明白。我知道这是废话，但还是要说，因为小说本质上就是废话的艺术。我们队长嘴里嘟哝着：管老七呀管老七，我把你这个管老七……

那最后的一个唱段眼见着就要被郭江青唱完了,可七叔还是不见踪影。我心里念叨着:郭江青啊郭江青,你千万节约着点唱……但郭江青一点也不节约,不但不节约,她还偷工减料少唱了两句词儿。看来误场是笃定的,七叔注定要倒霉了。

正当我为七叔的命运担忧时,七叔赶来了。又是一个惊险的最后一分钟营救,这是说书人惯用的伎俩。跟跟跄跄的七叔、气喘吁吁的七叔、狼狈不堪的七叔一个兴奋的"狗抢屎",扑倒在后台。我禁不住一声欢呼。据说我欢呼的声音比郭江青的唱腔还要高八度,这是后来的郭安娜告诉我的。我们的队长可顾不上欢呼,他急急忙忙地把那个衣包拽下来,从七叔的背上。他手忙脚乱地把那套光荣的棉军衣穿到身上,活像一个刚从冰窟窿里爬上来、见了衣服比见了娘还要亲的叫花子。他刚把衣服披上,还没来得及扣扣子呢,郭江青已经唱完了最后的唱段,扭动着水蛇腰下了台。我们的队长胡乱扣着扣子,没顾得上穿那双沉重的大头皮靴就上了革命的舞台去执行他的革命任务。这时候,我才有机会来照顾一下七叔。

我想把七叔拉起来。我拉他的手,他不动;我以为他已经牺牲了,急忙去摸他的头;他的头烫我的手,我才欣慰地知道他还活着。我大声叫道：七叔！七叔！七叔抬起头看看我，有气无力地问：孩子，没误场吧？我大声回答他：没误！七叔说：那就好……然后他就闭上了眼睛。我的心中顿时充满了悲壮的感情，热辣辣的泪水夺眶而出。你们不要以为我七叔说完这话就该牺牲了，没有那事；等我们队长从台上下来时，七叔已经站起来了；尽管他的身体有些晃荡，但他的精神却是十分地亢奋；就好像一个在最严酷的战斗中赢得了胜利的战士。就像后来七叔自己说的那样：这算什么，想当年我扛着一百斤小米一夜跑了一百里，放下小米就去抬伤兵。这算什么！我知道七叔是大驴鸟日磨眼硬充好汉，其实那晚上他就吐了血。

请允许我回头照应一下本文的开头部分吧，我的文章尽走斜路，恶习难改，实在是不好意思。

七叔收拾好他的宝囊，回到院子当中，继续修理他的车。一边修车，一边接着刚才的话头往下说：……为什么光提小车不提裤子呢？这事不公道，我死了也不宾服……过涡河时，河面上结着半指厚的冰，指导员一声令下，一马当先，扛着一裤子小米，光着身体冲下河。我们发一声吼，扛着装满小米的裤子，紧跟着指导员下了河。河里那层薄冰啪啪地破了,冰碴子像刀刃一样割人。那河里的水真叫凉,没有比那涡河里的水更凉的东西了,我敢打赌。我们上了对岸,低头一看,腿上、肚皮上尽是血口子,让冰碴子割的。但这血口子并不是最难受的,最难受的是鸡巴蛋子,这俩兄弟都缩到小肚子里去了。那种痛法跟别的痛法不一样,大概可以叫作"牵肠挂肚",痛过的不说也明白,没痛过的说了也不明白。指导员带着我们烤火,他很有经验,大声地命令我们:弟兄们,重点烤那儿,把它老人家烤出来再烤别处。我们最听指导员的话,都认真地烤那地方。指导员又喊了:离火远点,烤熟了可就孵不出小鸡来了。我们最听指导员的话,让那地方离火远了点。烤了老半天,才把它们烤下来。

七婶端着一盆猪食去喂圈里的猪,路过我们身边时,歪了一下头,顺便批评七叔道:你能不能说几句人话?一天到晚,胡诌八扯,真真烦死人也!七婶对我说:他就是能吹牛,说什么地区李专员与他睡过通腿,是生死之交,可让他去找找李专员,给跃进安排个工作,他杀死也不去。七叔把眼一瞪,怒冲冲地说:你妇道人家懂得什么?不到关键时刻呢,到了关键时刻我自然会去找他。其实我根本用不着亲自去,我花上八分钱寄封信去，李专员保准开着直升飞机来接我！七叔拍着肚皮上那块紫色的疤痕，道：你以为这是被狗咬的吗？这不是狗咬的，这是我背着李专员从碾庄往徐州爬，在地上磨的。李专员受了重伤，如果不是我把他从枪林弹雨里背下来，那有他的今天？大侄子，你现在可明白了我和李专员的关系有多深了吧？我说：明白了，你们的关系比天还要高，比海还要深，从碾庄爬到徐州，少说也有二百里吧？硬是一点一点爬过来，容易吗？不容易，的的确确是不容易。没有比铁还要硬比钢还要强的意志是无论如何也做不到的。七叔感动地说：贤侄，在这个地球上，能够理解我的，也就是你一人了！

下面说说七叔的裤子。

七叔的裤子就是前面说过的那种笨裤子。七叔的笨裤子是青色的，裤腰却是白色的。他扎了一条红绸腰带，腰带头儿在两腿之间耷拉着。白裤腰从腰带处折叠下垂，好像养蜂人连缀在帽檐下的面纱。我们把这种现象叫作"裤子打伞"。七叔的腰带还余着尺把长，扯起来可以扭秧歌。这样一条崭新的红绸腰带怎么会扎在七叔陈旧灰暗的裤腰上？对此我疑虑重重，想问又不敢问。因为我们那儿只有死人才扎这样的红绸腰带。老人们经常叹息：该扎红腰带了！意思就是该死了。这跟那些老干部动不动就说该见马克思了是一样的。其实有一些老干部是见不到马克思的,他们应该去见斯大林。

七叔挥动着锋利的小板斧,白布的裤腰和红绸的腰带随着身体的动作飘飘如翅。他哪里是在修车?分明是在劈柴。他的动作快捷得让我惊讶。算算他也是六十多岁的人了,从哪里得来这么多蛮力气,能把一柄板斧抡得如落花流水?这是货真价实的运斤如风,只见一片光影闪烁,习习生出寒气,只怕连水也泼不进去。古代的有名战将、真实的历史人物加上小说中的虚构人物,使斧出了名的,《隋唐演义》里有一个程咬金,《水浒传》里有一个急先锋索超,还有那个天煞星黑旋风李逵。好像《说岳全传》里那个侵略者金兀术也是使斧头的。他们都有些笨拙,都比较鲁莽,只知道用憨力气。能将一柄板斧施展得如流星追月、星驰电掣的,只有我这人称"七癫"的七叔了。当然,木匠鼻祖鲁班用斧的技术也不会错;那位用斧头帮人砍去鼻上白垩的楚人技术也相当高超;但比起我们的七叔,他们还差把火。我才刚还以为七叔是在那儿劈木头呢,定睛一看,才发现他在劈那些绿头苍蝇。这是一件举重就轻的绝技,不看不知道,一看吓一跳。只见那些苍蝇都被他从脊梁正中劈成了两半,分成两半的苍蝇身体各带着一半翅膀打着旋转落在我的面前。有一只苍蝇逃脱,像一粒耀眼的金星,蹿到比白杨树梢还要高的阳光里去。七叔笑眯眯地说:宝贝儿,你想逃吗?我怎么舍得让你逃了呢?我们活捉了王耀武,活捉了黄维、杜聿明,也绝不会放过你,你要是知趣呢,就给俺乖乖地下来,也许俺还能留你一条小命;如果你执迷不悟,那可就怪不得俺手黑了。那傻苍蝇不听七叔的警告,没了命地往上蹿,眼见着就要与灼目的阳光融为一体了。七叔道:贤侄,你作证,不是俺管老七不仁慈,实在是这家伙太顽固。想当年我们放走了李弥,已经丢了半辈子人,如果今日放走了它,我们如何向子孙后代交代?我点点头,表示十分愿意为他作证。七叔就把手中的板斧猛地抛了上去。只见一道蓝色的光芒,像一条灵蛇,飕的一声,飞到天上去了。紧接着又是一道蓝光,无声无息地敛到七叔的手里,依然化为一柄板斧。我仰面朝天,等待着那只顽固不化的苍蝇。过了好一会儿,那只苍蝇才落下来。它一落地即分成了两半。我兴奋得发了狂,大声嚷叫着:七叔,你啥时练出了这手绝技?我读武侠小说,总以为那里边的描写是胡编乱造,今日看了您老人家的表演,才知道他们写的还远远不够呢!七叔笑道:这么点子小事竟然也让你吃惊?如果这点小活儿就把你惊成这样,那么,我用这把小板斧把美国佬的无人驾驶高空侦察机砍下来，你又会怎样呢？

这时，七婶提着一根擀面杖，努力抽打晒在当院铁丝上的那件庞大的棉衣。棉衣有五成新，领子和袖口处油腻腻的，被阳光一晒，散发出一股难闻的气味。七婶啪啪地抽打着棉衣，好像在借此发泄心中的仇恨，至于她恨的是谁，那我不知道。七婶每打一棍，七叔的脸就抽搐一下，仿佛挨打的不是他的棉衣，而是他的肉体。我听到七叔低声嘟哝着：看看吧，就这么一件可身的衣裳，她还不给我换上。我原以为七婶耳聋眼花，听不清七叔的话呢，没想到她全部听清了。她侧过头来，翻着白眼，露出两个白眼仁，撇着嘴说：老东西，临死你也不给活人们留点念想吗？反正披金挂银也是进炉子烧掉，这么件大棉袄，烧了多可惜？他们弟兄们争，我谁也不给，留着，万一落到沿街要饭吃的地步，这件大袄，冬天就是我的被子，夏天就是我的蓑衣。七叔不满地对我说：贤侄，你听到了没有？她为自己考虑得多么周到，可她就忍心让我只穿着一件破褂子走了人，那可是寒冬腊月、滴水成冰的季节。那件褂子上还沾着我的脑浆驴的血。七叔愤愤不平地咕哝着，脸上的表情既年轻又漂亮，好像一个十几岁的男孩子。他说了一阵，把板斧插到腰带里，斧柄朝下，斧头朝上，让雪亮的斧刃紧贴着肚皮，很是威武。他的双眼怔怔地望着我，弄得我心里毛虚虚的。我问：七叔，您有什么话尽管说吧，别这样看着我，我害怕。七叔歪了一下头，羞涩地笑了。他说：贤侄，我是多么想抽一支烟啊……我忍不住笑起来。我说：这还不好说嘛！我用左手揽住胖墩墩的女儿，右手从裤兜里掏出一盒不知真假的红中华和一个一次性的塑料壳气体打火机，递给他。

打火机的塑料壳上印着三个白字：黑蝴蝶。这是我工作的那个城市里最有名的夜总会的名字。每当华灯照亮城市时，那些嘴唇上涂着荧光口红，身穿黑色短裙的女郎，便像蝴蝶一样从四面八方飞来。在灯光昏暗的舞厅里，她们的嘴巴像日全食时的贝利珠一样光芒四射。

七叔用粗大的手指，小心翼翼地从华丽的烟盒里抽出一支烟，放到鼻下嗅着。他脸上的表情可以说是心醉神迷。七叔是个麻脸，麻的程度相当严重，连鼻子尖上、眼皮上都是疤点和肉豆，由此可知，当年他生的牛痘是多么样地密集；他的生活，又是多么样地缺少照料。记得我生牛痘时，母亲怕我搔痒留下疤痕，用布带子把我的双手捆住。有娘的孩子和没娘的孩子就是不一样。七叔是我爷爷的弟弟的孩子。七叔的父母在他很小时就死了。他与他的几个弟妹是跟着我的爷爷奶奶长大成人的。"文革"初期,七叔还没倒霉的时候,为了要跟土改时被划为地主成分的我爷爷划清界限,他曾经上台控诉我爷爷和我奶奶的罪行。七叔说他们兄妹在老地主家里当牛做马,吃不饱穿不暖,遭受着严重的剥削,过着水深火热的日子。亲情是虚伪的外衣,而阶级的压迫才是问题的实质。七叔如果光揭发也就罢了,他千不该万不该在揭发批判结束时,分别在我爷爷和我奶奶的屁股上踹了一脚。当时,我爷爷和我奶奶正弯腰九十度,七叔从后边一踹,把二老全部踹得前额着地。奶奶的额头比较脆弱,当场就血流满面。爷爷的额头比较坚固,也鼓起了一个大包。奶奶当场就放声大哭,爷爷则破口大骂:七啊七,你昧着良心说话,忘恩负义,不得好死……"文革"过后,七叔前来解释,说那是演苦肉计给人看的,请求原谅,但爷爷奶奶至死也没原谅他。奶奶只要见了他,就挥舞着手中的拐杖,高声大骂:麻子七,麻子七,你的良心让狗给吃了,老天爷迟早会惩罚你……

七叔笨拙地点着烟,一憋气就吸了半支。然后就有两股烟柱从他的鼻孔里喷出来。吸完烟,他的脸上洋溢着心满意足的神情。他的步伐有点踉跄,分明是吸烟吸醉了。他伸出两只粗糙的大手,要接我怀中的女儿去抱,但我的女儿哇哇大哭,使劲将脑袋往我的怀里扎。七婶道:看你丑得这副鬼样子,别吓着孩子。七叔搔着头,尴尬地笑了。我突然发现,七叔脸上的笑容竟然像一层油彩似的,慢慢地流淌下去,现出了一张血污狰狞的面孔。七叔仰面朝天跌倒在地。一缕黑血,从他的脑门上,像毛毛虫一样爬出来……

我大叫一声:七叔!

冷汗从我身上汩汩而下。

一张电报纸飘飘然落在我的手里,好像一只不祥的黑蝴蝶。电报纸向我报告了七叔遭遇车祸的消息。

冒着鹅毛大雪,我匆匆赶回老家。季节是寒冬腊月,田野一片雪白。头顶上有一群乌鸦像一团乌云伴随着我。在村头上,我与七叔相遇。他用双手掩着血肉模糊的脸,悲悲切切地说:贤侄,我知道你今天回来,特意来迎接你。我问:到底是怎么搞的?七叔说:这是命中注定的,迟早脱不了这一劫。你还记得不?"文革"时我踢过你爷爷和你奶奶的屁股,伤了天理,这是老天爷惩罚我呢。我说:我们是比较彻底的唯物主义者,不讲这套唯心主义的东西。

我气昂昂地往前走去，地面上的积雪被我的脚踩得吱吱叫，好像突遭惊吓的猿猴发出的声音。七叔在我的面前，轻飘飘地往后倒退着。他那双赛过熊掌的大脚，竟然落地无声，并且不留一点痕迹。

他说：贤侄，我来迎你，是想告诉你一个秘密。我有一张面额贰佰元的存折，藏在猪圈墙的第七道砖缝里。你偷偷地告诉你七婶吧，千万别让那些小杂种知道。

我说：七叔你就放心吧。

很快，我看到七叔躺在院子正中的一领苇席上，苇席的边缘上补着两个补丁，这领席显然是从炕上揭下来的。他的身旁，躺着那匹与他同遭不幸的毛驴。一见到我，七婶就哇哇地哭起来。七婶哭着说：你七叔死得冤枉啊……再过七天就要过年了，你七叔没吃上过年的饺子就走了呀……

我看着七叔青色的脸，心里酸酸的，很是不好受。

与七叔同路驱车去县城卖大白菜的王老五，亲眼目睹了七叔遭祸的情景。他站在七叔的尸体边，手舞足蹈地给我讲述着。

王老五也是个大麻子，七叔给解放军往前线扛炮弹时，老五正在黄维兵团里当兵。据他自己说他当的可不是一般的兵。他当的是机枪手。那年他被生产队里的黑牛顶伤了腰，从整劳力的行列里暂时退下来，与我们这些半拉子劳力一起给棉花喷药。他弓着腰对我们吹牛：龙困浅滩遭虾戏，虎落平阳被犬欺！想俺王老五，当年手提一支机关枪，往围子墙上这么一站，对着那些攻城的八路，嘟嘟嘟，一梭子打出去，那些八路像麦个子一样，横七竖八倒了一地。不是俺老五吹牛，死在俺手下的八路，没有一千，也有八百！"文革"一起，老五为这次吹牛付出了沉重的代价。我们把他吊在村头那棵大榆树上，清算他杀死千儿八百八路军的滔天罪行。藤条棍棒像雨点似的落在他的身上，打得他叫苦连天，告饶不迭：老少爷们，饶了我吧……我是吹牛呢……我在黄维兵团里当了三个月伙夫就开了小差……连枪都没摸过呀……我往家跑时，碰上了七麻子的担架队，我还给他们带了二百里路呢……不信你们问七麻子去……

我们村的领导吩咐我去把七叔叫来。七叔一来就破口大骂：老五，你这个反革命，满口喷粪，我什么时候碰到过你？你是反革命，老子是革命反，咱们是两股道上跑的车，走的不是一条路！七叔骂着，挤到树前，对准老五的肚皮揍了一拳：王八蛋，我让你胡说八道！这一拳捣得老五怪叫一声，仿佛从嘴里吐出一个蛤蟆。

七叔用拳头表示了他的革命立场，他跟我们站在一起批斗老五。说心里话我们也不愿七叔为老五作证帮老五洗清，好不容易挖出了一个大个的反革命，就像挖出了狗头金一样让我们兴奋，哪能轻易放了他呢？

老五被打急了，在大榆树上狂叫：革命的同志们哪，你们放下我来，我就坦白交代。我们把他从大树上放下来，他趴在地上呼呼哧哧地喘粗气。他的身上又有血又有汗。我们等着他交代，他却装起死来了。我们的领导者大吼一声：混蛋，你竟敢戏弄我们，说不说？不说就把他吊起来。老五急忙说：我交代，我交代……我要揭发管老七……他是个反革命，我在黄维兵团当机枪手时，老七是我们机枪班的班长。他的枪法全兵团第一，黄维司令亲手给他戴过勋章……

老五这席话，好比平地起了一声雷。我们怔怔地望着七叔，好像望着一个从天而降的怪物。我们眼睁睁地看到，数百颗比黄豆还要大的汗珠，只用了一秒钟的时间，便从七叔的头颅上钻出来。七叔的脸色先是憋成青紫的颜色，随即便变成了蜡黄色。突然间七叔像野狼一样嗥叫着：老五……你这个狗娘养的……你血口喷人呐……我跟你远世无仇，近世无冤……

革命的群众可不管那一套，一拥而上，把七叔按倒在地，用小麻绳五花大绑了，与老五并排着吊在了大树上。我的眼睛里饱含着泪水，但还是坚定地举起了棍子，与革命的群众一起，抽打着七叔的屁股和双腿。七叔高声喊叫着：同志们，同志们，我冤枉啊……我曾经为党国立过战功……

七叔一句"我曾经为党国立过战功"引起了我们高度的警惕，如果说适才大家还对老五的话半信半疑，那现在，阶级斗争的弦突然绷紧了。因为，不久前我们翻来覆去地看了十几遍革命电影《南征北战》，那里边，国民党的张军长枪毙那个丢了阵地的团长时，那个团长就是这样高呼："我曾经为党国立过战功，我曾经为党国立过战功！"这说明什么呢？这说明，我们的领导严肃地说，管老七不是一般的历史反革命，而是一个埋藏很深的大反革命，他绝不仅仅是一个机枪班的班长，起码是个团长，很可能是个师长，搞不好还是个军长。挖出这样的大反革命，我们应该向公社革委报喜，向毛主席报喜，没准毛主席他老人家还会表扬我们呢，要是毛主席他老人家表扬了我们，我们这辈子就吃穿不愁了。

我们满怀着革命的激情，押解着七叔，连夜往公社进发。那夜天降小雨，夜色如墨。我们高举火把，照明夜路，冒雨前进。路上，我们超越了七头牛。这七头牛都是要到公社兽医站去治病的。它们得了一样的病：麻脚黄。我至今也不知麻脚黄是一种什么病。这七头牛并不是在一起的。它们之间拉开了大约有五百米的距离。七头牛都是黄色的，都长着直直的角。它们模样相似，简直就是一个娘养的。而且都是牛前一个白胡子老汉拉着缰绳，牛后一个十几岁的小男孩手里拿着一根前头绑了胶皮鞋底的棍子，不紧不慢地、厌烦至极地拍打着牛的屁股。牛走得十分艰难，两条后腿，像抽了筋似的哆嗦着。我们超越第一条牛时，还不把这当回事，因为我们都马马虎虎地听说过，时下正在流行一种牛的怪病。我们的火把照亮了牛前牛后，我们看到牛身上油光闪闪，牛的眼睛里泪水汪汪。超越牛时，先是那个小孩子用鬼精灵的眼睛看了我们，紧接着那个老头子用老妖一样的眼睛看了我们。我们心中有感，但没当回事。可过了不到半点钟，我们又赶上了一条牛。牛好像还是那头牛，牛后的小男孩好像还是那个小男孩，牛前的老头子好像还是那个老头子。这时候我们心中就略微有点糊涂起来。这路到底是怎么走的？我们押解着七叔，心中怀着狐疑，匆匆地越过了男孩、黄牛和老汉，继续往公社赶去。又走了抽袋烟的工夫，在我们的火把照耀的光明里，又一次出现了男孩、黄牛和白胡子老汉。我们的心里越发糊涂起来，这到底是怎么回事呢？如果不是碰上了鬼，就是我们在做梦。但大家谁也没吱声，都把惊讶和恐惧藏在心里。我们又一次超越了他们，超越他们时我们感到冷风阵阵扑到脸上。我们往前走了一段路，大家的心中都忐忑不安，好像都在盼望着什么但又生怕碰到什么。正在这样想着时，那一老一少一牛，第四次出现在我们的火把光耀下。他们的形象是那样的鲜明生动，他们的姿态是那样的超凡脱俗。冷汗从我们的皮肉里不知不觉地流出来。我们的领导是个胆大出了名的人，七叔还怕蛤蟆，我们的领导连蛤蟆都不怕。但在我们第四次与牛相遇时，从我们领导问话时颤抖的嗓音里，我们听出了领导掩饰不住的恐惧。我们领导问：你们是哪个村的？在颤抖不止的光明中，那个半大小子的脑袋倏地扭过来，他的脑袋运转得滑畅之极，好像脖子上安装了美国轴承。他的眼睛又小又黑，活像两只活泼的小蝌蚪。他的回答更让我们胆战心惊。操你们的妈，他说，我们是阎王村的！我们领导还壮着胆子说：哎，你这小孩，怎么张口就骂人呢？这时，那老头子的脑袋也倏地转过来，他的脑袋运转得也很滑畅，好像安装了美国轴承。老头子很不高兴地说：你这领导怎能这样说话？操你们的妈就算骂人吗？不操你们的妈你们是怎么出来的？我们的领导还想搅和，就听到那头颤颤巍巍的黄牛，发出了一声沉闷的怒吼，声音宛如从地心冒出来的，震动得地皮都打哆嗦。我们领导赶紧闭了嘴，带领着我们，惶惶地往前逃去。又往前行走了一箭之地，在火把的亮光里——不用我说您也猜到了，我们又看到了他们。这一次我们都深深地垂下头，屏住呼吸，轻悄悄地从他们身边滑过去。如果说他们是神灵，好像也不对，因为我从他们身边滑过时，分明嗅到了一股强烈的牛油味儿，如果是神牛，怎么还会有凡牛的气味？我还听到老头子放了一个悠长的响屁，难道神仙也会放屁？我还看到那个丑小子上唇上挂着两道白鼻涕，难道仙童也会流鼻涕？接下来自然是与他们第六次相遇了。第六次与前五次大同小异，无甚可记。第七次相遇时，我们手中的火把全都灭了。天比墨汁还黑，黑得我们呼吸都很困难。黑暗中，忽然响起了嘿嘿的冷笑声。起先是一个人在笑，紧接着是两个人笑，最后发展到黑暗的四周，全是嘿嘿的冷笑。我们不约而同地叫了一声亲娘，紧缩成石头的心脏猛烈地膨胀开来。然后我们撒腿就跑，谁也顾不了谁了。至于老反革命七叔，谁还去管这等鸟事。我不知道别人，我自己的感觉是：那晚上是我遇到的最黑暗的夜晚,那晚上的事情是我终生最奇的遭遇,那晚上的事情让我终生难忘,那晚上的黑暗是一种类似海绵的物质,可以裁来缝成长袍。

借助着神力,七叔渡过了这一劫。回村后,我们的领导一头扎到炕上,发起了无名的高烧,阿司匹林片一把把地往嘴里掩,那烧硬是退不下来。村里的赤脚医生对我们领导的老婆说:给他准备送老的衣裳吧,他的性命已经难保了。赤脚医生刚说完这句话,我们的领导出了一阵比胶水还黏的臭汗,眼珠子往上翻翻,黑眼珠只剩一条线,白眼珠子一大片,立马就逝世了。我们领导是复员军人,他有一个绝活:倒立行走。他在部队的篮球场上倒立行走时,恰好被一位首长看到,于是他被首长选去做了勤务员。首长外出总是带着他,让他给别的首长表演倒立行走。这家伙很快便红透了,得意忘形,在首长家里胡闹,在首长的床上乱打滚,还敢跟首长年轻的夫人动手动脚。他自己毁了锦绣前程。我们的领导一死,文化大革命在我们村就基本结束了。后来就是小学校里几个年轻的教师吃饱了没事干,带着我们胡折腾。我们去各村演出走夜路时,还生怕碰到那小孩、那老头、那黄牛,所以不管家里多穷,借钱也要买个手电筒,在当时,手电筒是高科技产品，能避邪驱鬼。

王老五站在七叔家的院子里，连说带比画地向我描述七叔遭难时的情景。

大侄子，你也许不知道，我跟你七叔，已经结成了亲戚——其实我早已得知，老五的三女儿小囤，跟七叔的小儿子丰收，定下了百年之好——儿女亲家，要紧的亲戚，你说是不是？我说是是是。老五道：我们卖了大白菜，支上笸箩喂上驴。你七叔说：五哥，今日菜价不错，下得也快，咱老哥俩下馆子喝两盅？我说：喝两盅就喝两盅，反正现在单干了，交完皇粮国税，谁也不能把咱的鸡巴拔了去。俺老哥俩进了路边一个小酒馆，要了一瓶"醉八仙"，点了四个小菜。哪四个小菜？第一花生米，第二脆黄瓜，第三土豆丝，第四醋蒜头。俺老哥俩就这样你一盅我一盅喝起来。喝着酒，我们想起了许多往事。你七叔说：五哥，还记得咱老哥俩被村里的"红卫兵"吊到大榆树上审问的情景吗？我说：怎么能忘了呢？管什么事都忘了，这件事也忘不了。你七叔道：五哥，你这家伙，怎么能说我是黄维兵团的机枪班长呢？你这不是硬往死路上推我嘛！我说：你明明在路上碰到过我，你们那个指导员还硬逼着我给你们带了两天路，你为啥不肯为我作证明？你不给我作证，还怪我"咬"你？你七叔嘿嘿地笑起来。他说：五哥，过去的事儿就不再提了，真是做梦也想不到，咱老哥俩竟成了儿女亲家。我说：谁说不是呢？这年头，不比从前了。年轻人自己看对了眼，做老子的只好顺着来。你要拧着，人家小两口买上一张车票，一翅膀刮到内蒙古；一年后，抱着小孩子回来了。客气吧，给你生上一个；不客气给你生上两个；见了面追着你叫姥爷，你有啥办法？说实话，我看到你家那个丰收心里就别扭。要才没才，要貌没貌，要力气没力气。腰细得像麻秆似的，挑上担水就像扭秧歌。这样的身板，能挣饭吃？可有啥办法？小囤鬼迷心窍，硬是看中了他，说生是丰收的人，死是丰收的鬼，那决心坚定得像石头一样。我跟她娘想给她泼点冷水，她抱起一个农药瓶子就要喝。你知道那是啥农药？剧毒农药"3911"，德国进口原装货，一滴毒死一条狗，两滴毒死一头牛。一瓶子灌下去，别说一个小囤，一万个小囤也要报销！吓得她娘扑通一声跪在地上，哭着说：小姑奶奶，小老祖宗，快放下那药瓶子，俺不管你还不行吗？你愿意嫁给谁就嫁给谁还不行吗？连哄带劝的，才把个药瓶子夺下来。你说你们家丰收的本事有多大吧！过后她娘问：小囤，你老实说，看上了那丰收的什么？你猜她说啥？打死你你也猜不出。她说：丰收会爬树，村东头那棵大白杨，没人能爬到顶，丰收噌噌地就爬到了顶。气得我两眼发绿，我说小囤，单为了爬树，咱去找个猴子不行吗？她一听急了，说只要我再敢污辱丰收，她就要跳井。我说七哥，你们老管家八辈子修来的福气，能娶上我家小囤这样的好媳妇！可惜我那小囤，一朵鲜花插在了牛粪上。你七叔只管嘻嘻地笑，他的心里很满足，娶上了我家小囤这样的要才有才、要貌有貌、要力气有力气的儿媳妇，他没有理由不满足。

我忽然感到有些厌烦，便不客气地打断老五滔滔不绝的废话，说：五叔，你还是给我说说七叔遇难的经过吧。

老五忙说：好好好，我说。我们老哥俩把那瓶"醉八仙"喝完，都沾了五分酒，醺醺带着半个醉。赶上驴车我们就往家走，一轮明月当头照，照得大地明晃晃。我和你七叔心里其实挺高兴。你七叔比我还要高兴，他那个活猴似的儿子把我家小囤骗上了手，他能不高兴？他坐在车辕上，摇晃着二郎腿唱小曲儿。要问唱的是啥曲儿，"推起小车去支前"，你七叔正唱得高兴，就见前边有两道耀眼的金光射过来，照得我们两眼发花，不知道前方来了什么怪物。说不知道其实也知道，四十多年前我们就看到过国军的十轮大卡车拖着榴弹炮。你七叔赶着驴车在前，我赶着驴车在后。我家的灰驴胆气小，拖着车也拖着我，哧溜下了沟。你七叔的黑驴如果不是吓傻了，就是什么都不怕。它昂着头站在路中央，一动也不动。我喊：老七，靠边呀！你七叔说：怕啥？难道他还敢轧死我？你七叔一句大话没说完，就听到咯咯唧唧一阵响……接下来的事，我也说不太清楚了，因为从根本上来说我是被吓糊涂了。

我说：您老人家还是说说，因为如果要打官司，后边的问题其实比前边的还要重要。老五道：那就大概着说说吧。其实我这个人还是有良心的。大侄子，我跟你交底吧，昨晚上，马书记派人来，扔在咱家院子里一捆咸带鱼，足有三十斤呢！那人说：老王大叔，马书记要我来看看您，先送点鱼来给你压惊，马书记说，等过了这阵子，他再来看你。大侄子，这不明摆着要用咸带鱼堵住我的嘴嘛！

我急忙说：五叔，您人格高尚，正直善良，远近都有名。

老五道：你也不必给我戴高帽，我一不高尚，二不善良，我主要是怕报应。你七叔生前就是个神神怪怪的家伙，记得当年袁鳖押他去公社，在路上碰到了七个老头、七个小孩、七头黄牛，都是一模一样。袁鳖回家就病，病了就死。你七叔不是个一般人物。再说了，孬好我们也是儿女亲家。老的不亲小的亲，我要昧了良心，怎么能对得起孩子们？

我说：五叔您真让我感到钦佩，您就重点地把出事后的经过说说吧。

老五却翻着白眼道：你还要我说什么？该说的我不是都说了吗？年轻轻的，怎么就聋了呢？

听罢王老五一席话，我感到一股热血直冲脑门，怒火在我的胸中熊熊燃烧。虽然老五省略了后边的细节，但凭着我对乡里那个马书记的了解，便猜到了他的表现。他是个言行一致的贪官，上任时公然说：乡亲们，咱打开天窗说亮话，我这个书记是花了十万元买来的，在四年的任期里，最起码我也要把这十万元捞回来。他的话合情合理，乡亲们给予他充分的理解。据我的一位在乡里当会计的同学说，姓马的上任第一年，就额外地向全乡人民多收了三十万斤小麦，每斤小麦按八毛钱计算，三八就是二十四万元，也就是说，一年他就够了本。不仅够了本，而且是大有赚头。过去的说法是"三年清知府，十万雪花银"；现在的说法是"一任乡镇长，百万人民币"。可见花钱买官是利润最大的投资。

我攥紧拳头，擂了一下院子里那根拴驴木桩，咬牙切齿地说：此仇不报，枉为五尺男儿！弟兄们，抄家伙，去砸了姓马的鳖窝，替天行道！

七叔的儿子们原本就是些听到打架小过年的家伙，听我这一喊，兴奋得嗷嗷乱叫；从墙旮旯里抄起镢头、扁担，跟着我就往外冲。这时，父亲拦住了我们的去路。他驼着背，站在大门口，威严地说：你们胡闹！马书记是国家干部，受法律保护，你们去砸他的家，不是等于去找死嘛？他可是带枪的人。

我的头脑冷静下来，感到父亲说的很对。

七婶见我泄了气，又呜天嚎地地哭起来。

我们家族中一位素为我不喜的堂姑突然冒出来，双手叉着腰，气汹汹地说：解放、跃进、丰收，你们这些孬种，怎么又缩回去了？你们不要指望别人替你们的爹报仇。隔一皮是一皮，侄子再亲也不如儿。还是按我说的办，抬着你爹去乡政府大院，不给个说法就放在那儿。

另一位素为我厌恶的堂姑也冒出来，咬着牙根说：让姓马的给七哥抵命！

第一位堂姑说：抵命是不现实的，也是不划算的。人死不能复生，还是要为活人着想。我建议，让姓马的安排解放、跃进、丰收去当工人，再让姓马的赔偿人民币一万元，留做七嫂子的养老金。

父亲连连摇头，但没再说什么。

七叔的儿子们在两位姑姑的鼓动下，六只眼睛都闪闪发亮。他们七手八脚地卸下一扇门板，把七叔抬上去。七叔的胳膊像打连枷一样抡着，好像在借此发泄心中的某种情绪。

一行人拖拖拉拉地出了村，越过冰封雪盖的河流，向乡政府大院进发。承载着七叔尸体的门板由解放和跃进抬着，后边跟着啼哭不休的七婶和家族中的一些人，还有一些不怕寒冷、赶来看热闹的村民。爬河堤时，跃进的腿一软，一屁股坐在地上，身体随着后仰，玩了一个屎壳郎滚蛋下河堤。门板落地，七叔冻得僵硬的尸体呼啸着蹿出去，撞倒了两个跟在后边看热闹的人。其中一个名叫大宝的，爬起来后小脸干黄，好像丢了灵魂似的。后来大宝果然生了一场病，花了一百块钱才治好。大宝说，他欠着七叔一百块钱，正好在心中暗暗盘算不必再还时，就被七叔的尸体一头撞倒了。于是人们都说死后有灵验的，在我们这个古老的村子里，只有管老七一个人。这些都是后话。

七叔一冲下门板，我们那两个堂姑便尖声嚎叫起来。解放、跃进两人先是互相抱怨，继而抡起了皮拳，打得团团旋转。骗去了小囤姑娘爱情的爬树英豪丰收同志，站在一边看热闹，好像打成一团的不是自己的兄弟。七婶气坏了，坐在雪地上，号啕大哭。这时，我真切地听到，七叔发出一声深沉的叹息：嗨……

费了千辛万苦，终于把七叔的尸体抬到乡政府的大院里。年关将近，官员们早就回家忙着过年去了。偌大个院落里，只有一间房子里亮着灯。我们往里探头一望，看到两个公务员模样的小青年，一个坐在凳子上，一个坐在桌子上，正在打扑克赌烟卷。在他们身后，一台黑白电视机正在播放美国电视连续剧《加里森敢死队》，这部电视剧情节紧张，台词幽默，中国老百姓闻所未闻，见所未见。先是跃进抵不住诱惑，躲躲闪闪地溜进屋去，随即丰收也溜进去了。这哥俩一头扎进剧里，早把为父申冤的事忘得干干净净。解放嘟哝着：又不是我一人的爹，凭什么要我守着？他也溜了进去。七婶哭着说：老头子呀老头子，你睁开眼看看你养的这些好儿子吧……

七叔的眼睛原本就没闭上，经七婶这一招唤，瞪得更大更圆，还放出了蓝色的光芒，吓得七婶反倒不敢哭了。

那两个堂姑冲进屋去，气汹汹地质问那两个小青年：你们的领导呢？叫你们的领导出来！

坐在凳子上的小青年抬起头，懒洋洋地说：都这时候了，还找啥领导？回去吧，明天再来。

一个姑姑说：你们撞死了人，难道白撞死了？啥都不管了？

小青年道：大嫂子，您对着我发脾气还不如对着这堵墙发脾气。我不过是个端茶倒水、扫地跑腿的小力笨，啥用也不管。

又一个姑姑说：反正我们就住在这里不走了，看看你们怎么办。

两个姑姑跟小青年斗着嘴，三个堂弟张着大嘴，痴呆呆地盯着电视屏幕，达到了聚精会神的程度。

一个虎背熊腰的大汉，一脚踢开门，晃了进来。他披着一件雪花呢大衣，头戴一顶鸭舌帽，嘴巴里喷出酒气，双目炯炯有神。坐在桌子上的小青年慌忙跳下来，恭恭敬敬地垂手而立。坐在凳子上的小青年也慌忙站起来。

马书记扫了我们一眼,道:你们要造反吗?

我说:我们不敢造反,我们想讨个公道。

马书记哈哈大笑道:公道?啥叫公道?我就是公道!你们给我乖乖地滚回家去,否则可别怪我不客气!

我说:姓马的……

姓马的打断我的话,说:乡政府虽小,也是一级政府,你们聚众闹事,破坏安定团结的大好局面,该当何罪?

三个堂弟缩在墙角瑟瑟发抖;两个姑姑面面相觑。

七婶张牙舞爪地扑进来,嚎叫着:我不活了……我不活了……

马书记一闪身,七婶一头撞到了墙上,当场就昏了过去。

我怒火填胸,一把揪住马书记的衣领,道:姓马的,你欺人太甚!

想不到请我赴宴的人,竟是小学同学郭安娜。

那辆白色的上海车出现在我们村子里时,的确引起了不小的轰动。我糊糊涂涂地上了车,问司机:谁请我?

司机说:郭局长。

一路上我挖空心思也没想出来郭局长是谁。

在县府招待所门口,她握着我的手,问:老同学,还认识我吗?

昔日的美丽少女郭江青,渐渐地从今日局长郭安娜肥嘟嘟的身体里钻出来,就好像美丽的蝴蝶从肥蛹里钻出来一样。

在招待所一个清静的小包间里,郭安娜与我一起回忆了当年的革命岁月,勾起了我心中丝丝缕缕的感情。她说:你这个坏家伙,还记得不?去高家庄演出那次,你用一块尖利的石片,差一点打瞎了我的眼睛!

那天,我埋伏在石桥下,看到化好妆的郭江青袅袅娜娜地从桥南头走过来。她的步伐轻盈,与其说她是走过来,还不如说她是飘过来。那时太阳将要下山,红光照耀大地,郭江青眉如秋黛,目若朗星,宛若画中人物。我心中对她的爱慕,像潮水一样汹涌澎湃。我多么想站在桥头上与她迎头相遇,然后我说:郭江青同志,你好!但是我不敢,我看到我们的同学汪卫东从后边赶上了她。汪卫东从怀里摸出一根足有半尺长的白萝卜,放到膝盖上一磕,喀嚓断成两段。他把一段萝卜递给郭江青。我心中盼望着郭江青拒绝这萝卜,可那郭江青接了这萝卜。我心中的滋味很不好受。我感到双手在打哆嗦。我心中充满了对郭江青的恨，说恨其实也不像恨。我的手从桥墩下抠出一块石片。我的手扬起那块石片抛了出去。一切都与我无关，都是我的右手干的。我看到那块石片飞出去。我看到那块石片打在郭江青的眼睛上。我听到郭江青一声惨叫。我知道闯下了弥天的大祸。郭江青家是我们村唯一的一户烈属，她的确前程锦绣。杀了我一条小命，也赔不上郭江青一只眼睛……后来的结果比我想象的好得多，没有任何人找我，就像什么事也没发生一样。几天后，郭江青眼睛上蒙的纱布撤了，她的眼睛依然明亮如星。

我满怀着歉疚，向郭安娜道歉：对不起……实在是对不起……

她用那两只会说话的眼睛，水水地看着我，轻声道：你这个坏家伙，为什么要用石头打我？

哪里……哪里……其实我想打汪卫东……

她含情脉脉地盯着我，用被烟酒刺激得略显沙哑的嗓音低沉地说：你那点鬼心眼子，我还不清楚？所以，我爹要收拾你时，我保护了你……

我用右手抓住她的左手，她用右手抓住我的左手，说：我谨代表我的妹夫向你七叔一家表示深深的歉意。

谁是你的妹夫？

她说：你真的不知道？

马书记托人送来了一捆咸带鱼，还有三千元钱。我躲在屋子里没有露面。我听到来人和父亲在院子里说话。父亲说：这钱，这鱼，我不能收，你最好直接送到老七家。那人道：马书记让送到这里来，我怎敢违背？父亲哽了一会儿，道：既是马书记的意思，那我就代收，不过，您得等我一会儿。我从窗棂里看到父亲驼着背，匆匆忙忙地走出院子。那个人在院子里烦躁不安地转圈子。过了一会儿，父亲带领着八叔（七叔的亲弟弟）和解放回来了。八叔的手里，提着一杆秤。那人说：都到了？这是三十斤带鱼，这是三千块钱，你们点点数吧。那人把钱递给父亲，父亲说：别给我。那人把钱给了解放。解放接过钱，用食指从嘴里沾了唾沫，笨拙地数起来。他数了好久也数不清楚。烦得那来人双眉紧锁，道：甭数了，刚从银行里取出来的，还会有错？解放涨红着脸道：对了，对了。父亲道：老八，把鱼称一称。八叔用秤钩子把鱼挂起来，歪着身体，用左手拨动着秤砣上的细绳，秤杆忽上忽下地抖动着。多少？父亲问。八叔抓住秤杆，道：二十九斤半。那人道：刚从供销社里提出来的，三十斤还高高的，怎么一转眼就少了半斤？八叔斜着眼道：你自己来称吧！那人道：一定是你们的秤不标准。八叔怒道：秤还有不标准的？真是笑话！那人道：好好好，就算我在路上偷吃了。父亲道：你这个同志怎能这样个说话法？咱斤是斤，两是两。那人掏出一张白纸，一支钢笔，道：你们给我开个收条吧。父亲接过纸笔，问：怎么写？那人道：就写今收到孙助理送来人民币三千元咸带鱼三十斤。八叔道：二十九斤半。那人道：好好好，就写二十九斤半，真是的。父亲一条腿跪在地上，曲起一个膝盖，用拿毛笔的隆重方式，攥着钢笔，一笔一画地写好了收条。

就这样完了？解放瞪着眼发问。父亲冷冷地说：不这样完了还能怎么样？真要打起官司来，只怕连这点钱也弄不到。八叔道：官官相护哪！父亲说：解放，这点钱，是你爹的血钱，我建议你们兄弟谁也别伸手，存到银行里，算你娘的养老保险金吧。这点带鱼，也是你爹用命换来的。我劝你们也别吃，留着给你爹办丧事吧。八叔道：还是各家分一点，为了七哥的事，亲戚朋友都出了力嘛。父亲说：你们商量着办吧，怎么合适怎么办。

分完了带鱼，就商量给七叔办丧事。两个姑姑一致提出，丧事要大办，起码要用两棚吹鼓手。父亲叹口气,道:依我看,还是从简为上,弄来些吹鼓手,鸣天嗷地的,干什么呀?又不是什么光彩事。一个姑姑说:七哥死得窝囊,丧事上再不风光一点,我们心里不过意,也让人家笑话,说我们老管家没有能人。说着她就低声抽泣起来。另一个姑姑帮着腔说:办,为什么不办?不但要办,而且还要大办!不蒸馒头蒸(争)口气嘛!父亲说:我啥都不管了,你们看着怎么办好就怎么办去吧。

吹鼓手是让张船儿去请的。张船儿是村子里的保管员,两只大眼珠子黄澄澄的,很是吓人。这是个吃人不吐骨头的狠毒角色,村子里的人没有不怕他的。他曾经有过一个八字脚、黄头发的女儿,名字叫小翠。小翠二十多岁了他也不给她找婆家。二十多岁的女人在城市里不算什么,但在村子里就是老大姑娘了。他哄着好几个青年帮他家无偿干活,说是谁干得好就招谁去做上门女婿。小翠生在这样的家庭里真是不幸。小翠后来喝农药死了,这对张船儿是一个沉重打击。后来,张船儿给女儿结了阴亲,将小翠"嫁"给了邻村一个少亡的青年,"婚事"办得比活人结婚还要隆重。张船儿从男方家要了三千元。人们私下里说张船儿把女儿的尸体都卖了。

通过给女儿办"婚事",张船儿竟然成了办理丧事的专家,他与半个县内的吹鼓手都建立了密切的联系。谁家要请吹鼓手,没有他的介绍,还真不好办。张船儿自然要向丧家提取服务费,他还要向吹鼓手们索要介绍费。

张船儿披着剪绒领子短大衣,手里提着一面铜锣,领着一个吹鼓手的头儿,风风火火地走进七叔家。

张船儿对守在七叔灵前的堂弟们说:你们谁主事儿?

解放忽地站起来,说:我!

张船儿打量着解放,道:你?对对对,应该是你。然后他就指着吹鼓手的头儿说:这是刘师傅,全国有名的民间音乐家,一嘴能吹三只唢呐,鼻孔里还能插上两只。解放,你爹死了,你就是家长,我跟你说,能把刘师傅他老人家请出山,着实不容易,我的嘴皮子都磨薄了两寸!要不是看在七哥的面子上,我才不出这个力呢!

解放结结巴巴地说:让你吃累了,大叔。

我吃点累不要紧,张船儿道,谁让我是你爹生前友好呢?重点是刘师傅,八十多岁了,带病出山。你们弟兄们得大方点,不能亏了他老人家。

解放问：要多少？

张船儿道：你们报个数吧。

解放道：我们不知行情。

张船儿道：一般的吹鼓手班子，出场费是二百元，但像刘师傅这样的著名人物出场，怎么着也不能少于四百。

解放嚷道：四百？张大叔，你干脆把我们兄弟杀了算了。

张船儿道：解放，你这是说的啥话？是你们让我去请的，不是我主动去请的。我跑了几十里路，好话说了一火车，把人给你们请来了，你又说不中听的，世界上哪有这个道理？

那位刘师傅吐了一口痰，抬起袄袖子擦擦嘴，道：小张，算了，算了，好几家还等着我去吹呢。

张船儿道：刘师傅您别生气，小孩子说话没深浅，您得多担待。谁让躺在棺材里的人是我的好友呢？所以您不看僧面也要看佛面，好歹给个面子，委屈着也得把这事给办了。

刘师傅道：我不缺钱花。上个月给朱副县长他娘办事，朱副县长一把就甩给我一千块，你们家这几个小钱，我看不在眼里。

张船儿道：刘师傅，知道您不缺钱花。行了，你们弟兄听着，这事我替你们做主了！刘师傅，您给我个面子，收他们二百块，就权当是我的爹死了，请您来帮个忙。

刘师傅牙痛似的哄哄了半天，道：小张，你把话都说到这个份上了，我还能说什么？吹呗！

堂弟们都用感激的目光看着张船儿。

其实吹鼓手们早就在胡同里等着了。谈好了价钱，刘师傅出去就把他的班子带到院子里。吹手班子很精干，加上老刘才四个人。一支唢呐，一支大号，两支喇叭。老刘把假牙摘下来，将唢呐一支插到嘴里，然后就带着头吹起来了。他们吹了一曲《九九艳阳天》，又吹了一曲《路边的野花不要采》，然后就坐下来抽烟。院子里那些被音乐声引来的小孩子眼巴巴地望着他们。

张船儿道：解放，该侍候师傅了。你们家的人怎么一点规矩也不懂。

没等解放回答，他媳妇——就是我在前边提到过的往脸上抹口水的那位——怒冲冲地从里屋里蹿出来，道：侍候个鸡巴蛋！家里连鸟毛也没有一根，拿什么侍候？！

她的话把那几个年轻的吹鼓手逗得哈哈大笑,院子里的孩子们也跟着傻笑。

张船儿摇着头道:七哥,七哥,你真是娶了个好孝顺的儿媳!

她瞪着眼道:张船儿,别人怕你,我可不怕你!你让这些王八们给我鼓起腮帮子卖力吹吧。要不,别说二百元,二分钱也休想拿走!

那位刘大师,无奈地摇摇头,道:徒弟们,今日碰上硬巴骨了,吹吧!

大师带着头吹起来。他们吹的曲子是黄梅戏选段《树上的鸟儿成双对》。

后来在送葬的路上,那几个年轻的吹鼓手,一看到披麻戴孝的解放媳妇,就忍不住地笑,把好多支曲子吹得不成腔调。

火化后的七叔被盛在一个四四方方、红红绿绿的盒子里。两个帮忙的人用一块木板抬着它。七叔的三个儿子紧随其后。他们都披麻戴孝,手里提着柳木哀杖。张船儿提着铜锣,每走一百步,便敲一次。锣声一响,按说孝子们应跪地向骨灰盒磕头,但我那几个堂弟竟傻乎乎地站着,像没事人一样。气得张船儿大叫:跪下呀,你们这些混蛋。在堂弟们身后,就是解放媳妇。她的相貌本来就充满喜剧色彩，再穿上孝服，头上又戴上孝帽，更是一副稀奇古怪的样子。那几个本来应该奏乐不停的吹鼓手，看一眼解放媳妇就憋不住地笑。最后，连没牙的老刘也绷不住了，扑哧一声，把嘴里含着的哨子喷了出来。

吹鼓手的不严肃态度，引起了一个人的不满。这人是解放媳妇娘家的一个堂哥，在村里小学当民办教师，人送外号"明白人"。他愤怒地冲进送葬的行列，一把揪住刘大师的脖领子，用怪腔怪调的普通话训斥道：你们嬉皮笑脸，戏弄死者，欺负我们村没有明白人吗？

刘大师被勒得老脸发黄，一句话也说不出来。

张船儿气得黄眼发绿，抡起锣，嘡——砸在那人头上。张船儿骂道：王八蛋，你算个什么东西？把自己的老娘撵出去讨饭吃，自己在家里喝酒吃肉，连畜生都不如的个东西，还跑出来充大头蒜！

那人脸色蜡黄，讪讪地退到一边。送葬的队伍继续前进。

七叔是个能忍的人。他的背上伤痕累累。他自己说那是在战场上留下的光荣疤，奶奶说那是他小时生疮落下的。七叔没得罪奶奶之前，奶奶曾说过：你们都不如你们七叔能吃苦。他脊梁上生疮，烂得生了蛆，照样干活不停。

七叔背上生了蛆，还坚持去公社粮站扛麻袋。扛一天麻袋，能挣到三斤红薯干子。麻袋里装满粮食，如果装麦子，有一百九十斤重；如果装豆子有二百一十斤重。扛着这样重的麻袋往小山样高的粮食垛上爬，脚下踩着颤颤悠悠的跳板，这活儿一般的人是干不了的。七叔背上流着脓，淌着血，好像刚从战场上撤下来的伤病员。就这样流着脓淌着血他还是一马当先地扛着麻袋小跑步。感动得粮库主任眼泪汪汪。粮库主任说：七麻子是用特殊材料制成的，能吃大苦，能耐大劳，比共产党员还共产党员。粮库主任问：七麻子，你们村为什么不吸收你入党呢？七叔笑道：主任，您拿俺取笑哩！我要是能加入共产党，那我们村里那匹瞎马也能加入了。那可是货真价实的军马，屁股上烫着烙印，它才是吃大苦耐大劳的模范。

粮库主任一席玩笑话，竟激起了七叔的幻想。那时我还在镇上读高中，星期天，七叔找到我，郑重其事地说：大侄子，你帮我写一份入党申请书，我准备加入共产党。我看着他脸上那过分的郑重，以为他得了神经病。七叔说：我不是给你开玩笑，其实我早就是党的人了，从我在淮海战场上冲锋陷阵时，我就把自己的一切交给共产党了。

后来我听说，当七叔把入党申请书交给村党支部书记沈五奎时，五奎笑道：七麻子，你是不是有毛病了？有病快去医院看看，别耽误了。七叔说：支书，我真的想入党。五奎道：我知道你真的想入，谁不想入？但你得够那个条件呀。七叔道：那你说我哪个地方还不够条件？五奎道：共产党不收麻子。七叔道：五奎，你放屁！共产党里的麻子比国民党里多得多，因为生麻子的多数都是穷人，而共产党就是穷人党。

生产队里赶马车的汪亮儿一脸油皮，眯缝着两只色眼，见了女人就凑上去戳七弄八，净占小便宜。晚上开会，他专往女人堆里钻。他一钻进去就热闹了。女人们吱哇乱叫，齐骂汪亮儿，但都不恼。

麦收季节里，我被派给汪亮儿跟车装卸。从田野里回来时，马车运载着麦个子，像一座缓缓移动的小山。我躺在麦个子上，听汪亮儿说荤故事。在车道旁边的一棵桑树下，七叔正在撒尿。汪亮儿说：快看快看！我问：看啥呢？亮儿道：看驴生。我抬起头，又迅速低下头，感到有点不好意思。汪亮儿说：中学生，你知道吗？七叔年轻时，可是个风流角色。我说：你放屁！汪亮儿道：你不信？听我说。七叔年轻时看坡，在十字路口搭了一个棚子，棚子里支起一口锅，经常煮地瓜吃。林风莲——那个浪货，赶集回来，钻进棚子吆喝着：饿死了饿死了，七麻子，给个地瓜吃吧。七叔说：正等着你来吃呢！说着就像老虎一样扑上去，把林风莲按到地上……后来林风莲逢人便说：哎呦呦俺的个亲娘，七麻子那块货，根本就是个驴的。

被派给汪亮儿跟车，是因为我割麦的技术太差。那时候，麦收季节是我们的盛大节日。麦子熟了，遍野金黄。天不亮时，就有许多鸟儿在空中歌唱。人们披着星星，戴着月亮，提着镰刀下坡，借着星月之光割麦子。一个个模糊的大影子，在晦暗中晃动着，嚓嚓的镰声里，伴随着老人的咳嗽声和惊起的野兔的尖叫。太阳冒红时，遍地都是麦个子，人们的衣服也被露水打湿了。在辉煌的朝阳下，人们的身影都拖得长长的。队长用手捶着腰，喊：歇了，等饭！

麦收时，生产队免费供应大米稀饭。疲乏的男人们嘴里咬着草梗，躺在麦个子上等饭。也有坐着磨镰的。七叔手大胳膊长，割麦的速度全队第一。他用的镰刀也大，刀子很钝，但从来不磨。他全凭着力气大，不必磨镰刀。忽然有人高呼：饭来了！

大家都兴奋起来，眼巴巴地往路上望。只见保管员王奎，带着两个大个子妇女，都挑着担子，忽闪忽闪地，像老鹞子一样飞来了。大家呼啦啦围上去，抢勺子抢碗。只有七叔与队长安然不动。七叔对队长说：现在的人觉悟太低，我们当年支前那会儿，一碗水能喝一连的人，哪像这呀！

只有参加割麦的人才能享受免费的大米稀饭，这也是我死乞白赖挤进割麦人行列的原因。但我的力气和技术都不行，等别人割到地头歇着等饭时，我还在地中央磨蹭呢。我很焦急，但越急越割不快。一镰刀又把手指割破，我有点想哭。这时，七叔迎我来了。他很快就与我汇了合。我看到七叔割过的地方，茬子低，麦穗齐；我割过的地方，茬子高高低低，麦个子凌乱，麦穗子掉了遍地。生产队里那个小个子会计，看了看我割过的地方，青着脸道：你这是割麦子？不，你这是破坏！吃饭时，我刚盛上一碗大米饭，会计一把将碗夺过去扔在地上，鼻子不是鼻子，脸不是脸地说：你有什么资格吃大米饭？你糟蹋了生产队的粮食，祸害了生产队的草，回家吃你娘做的去吧！

我的眼泪唰地就流下来了。

因为小个子会计是村里的贫农代表,说话比队长还要硬,所以任凭着他说什么,也没有人敢为我说句公道话。这时,七叔走上前来,对会计说:老徐,我那份饭不吃了,省给我侄子吃,可行?会计有点尴尬,恨恨地瞅我一眼,道:你这道号的,纯粹是块废物点心,背着干粮也找不到雇主。七叔说:他还小呢!会计说:由小看大,一岁不成驴,到老也是个驴驹子。我心里恨透了老徐,但他是贫农代表,谁敢不怕?我更怕。因为我们家成分高。其实,七叔后来对我说:解放前,老徐家每逢集日就大吃大喝,大对虾成筐地往家买。他娘不过日子,他爹更是败家子,抽大烟,扎吗啡,把他爷爷留下的那点家底给糟光了,正好共产党来了闹土改,他家划成个贫农。如果共产党早来二十年,他家是咱村的头号大地主。

按说七叔对这划定阶级成分的事并无好感,但奇怪的是,等到七十年代末八十年代初,给全国的地、富、反、坏、右摘帽子的时候,他却对这件事表示出深深的不满。当那一年的正月里,村里那些摘了帽子的"坏蛋"与其他人一起站在大街上晒太阳时,七叔心里很不平衡,对着人家阴阳怪气地说:嗨,伙计们,去年的今日，你们在干什么？其中一个"坏蛋"说：扫街呗！七叔道：今年不用扫了？"坏蛋"说：感谢英明领袖华主席！七叔道：你们也别高兴得太早了，没准明年又变回去了。一个"坏蛋"说：老七，要是你当了主席，我们这些人就永无出头之日了吧？七叔道：够呛。

我去给他拜年时，他对我说：大侄子，你说，中央是不是出了修正主义？把坏人的帽子都摘了，那几十年的革命不是白搞了吗？七婶骂他道：吃饱了撑的个老东西，闲着没事去捡筐狗屎肥田也好，国家大事还用得着你操心！七叔瞪着眼骂七婶：臭娘们，你妇道人家懂什么？七婶道：我什么都不懂，我只知道不吃饭肚子里饿。七叔对我说：这红色的江山根本就是我们打下来的，想不到就要葬送在这些蛀虫手上。七婶冷笑道：听听吧，大侄子，你七叔是小老鼠日骆驼，专拣大个的弄。

我对七叔说话的口气十分反感，你不就是去抬过两天担架吗？动不动就以老革命自居，拉大旗作虎皮，啥玩意儿嘛！于是我说：七叔呀，这个问题的确很严重，你应该去跟小平同志、剑英同志，还有先念同志等等的老革命商量一下，绝不能眼看着你们亲手打下来的红色江山改变了颜色。七叔道：可惜我跟他们不是一个部分的，如果陈毅同志还活着，我一定要去找他。我说：管他是不是一部分呢，像您这级干部，小平同志肯定知道。七叔说：你说的也对，想当初，小平同志和陈毅同志就在一个炕头上办公，我去给他们送信时，小平同志还赏给我一支烟卷呢！

又过了几年，国家把那些大大小小的国民党军官统统地释放了。我们村里的刘九也从青海放回来了。刘九在国军里当过上校军需，属于县团级，政府每月补助他人民币三十元，还安排他去给小学校看大门，每月工资五十元。这件事在村里引起了很大的轰动，都说革命不如反革命，小反革命不如大反革命。为了这事，七叔几乎发了疯。

他逢人便说中央出了修正主义，逢人便说红色江山已经改变了颜色。他跑到小学校，找到刘九——这事我没亲见，是听在小学里当教师的羊国说的。羊国说：你七叔真有意思，跑到学校传达室里，跟刘九叫板。你七叔说：刘九，别人怕你，老子不怕你，老子跟你来论论理！刘九坐在炕沿上，闷着头抽烟，一声也不吭。你七叔说：老子们革命几十年，到头来还不如你。旧社会里你吃香的喝辣的，到了新社会吃香的喝辣的还是你，这事真他娘的不公道。你七叔在门口一吵吵，好多人都围上来看热闹。你七叔人来疯,跳到一张凳子上,挥舞着胳膊,像大干部做报告一样,拖着长腔演讲:同志们呐——同志们——东风吹,战鼓擂,当前世界上究竟谁怕谁?……黑白颠倒啊,同志们——在你七叔演讲时,那刘九垂头不语,宛若一块死木头。直到你七叔喊累了,刘九才缓缓地站起来,对着你七叔招手。你七叔走过去,嘴里嘟哝着:怎么样?你想怎么样?刘九将嘴巴附到你七叔耳朵上,不知说了一句什么话,只看到你七叔小脸焦黄,一句话没说就锅着腰走了。

七叔的坟墓,坐落在一块麦田的中央。麦田里成行成列地生长着一些桑树。麦子黄梢时,桑葚也熟了。我最后一次去七叔的坟墓距今已三年。那天早晨,雾很大,麦梢子湿漉漉的。一群喜鹊在桑树上啄桑葚。太阳出来了,雾如轻纱,在桑树间飘。我立在七叔墓前,脑子里乱糟糟的。有关七叔的许多往事在脑子里冲撞着,好像一个不大的瓦罐里装了太多的鱼虾。我胡思乱想了一阵,从怀里摸出一瓶酒,咬开塞子,奠在墓前。七叔吧咂着嘴,赞道:好酒,好酒!一辈子没喝过这样的好酒!他一盅接一盅地往嘴里倒酒。我说:七叔,少喝点,别喝醉了。他说:醉?我这辈子不知醉了是个啥滋味。

七叔喝醉后的样子实在是可怕极了。他躺在炕上，裂破嗓子似的叫：亲娘呀，难受死了……难受死了……一边吼叫，一边抓胸搔头，还用那双大脚，轮番蹬踹间壁墙。前面我曾说过，七叔生了一双特大的脚，不但大，而且还有点奇形怪状。他要穿加肥的46码鞋，脚底那层厚茧，赛过骆驼腿上的胼胝。农家的间壁墙都是用一层土坯垒到房梁，虚立着，怎禁得住他的脚踹？呼嗵一脚，间壁墙摇晃；呼嗵又一脚，间壁墙掉土渣子；呼嗵呼嗵十几脚，就听到天崩地裂般一声响，间壁墙倒了。墙外就是锅灶，锅里熬着一锅稀粥，七婶正在灶前烧火。结果是墙倒了，锅破了，灶瘫了，还差不点就把七婶砸死。解放和跃进一怒之下，把七叔拖到院子里，你一脚我一脚，踹得他球似的满院子打滚。这时七叔的小儿子丰收从外边进来，急忙忙地问：哥，你们干啥？解放和跃进道：你没长眼吗？丰收道：踢来踢去的，多费劲嘛，依我说，干脆掘个坑把老东西活埋了利索！解放和跃进有点犹豫，可那丰收生性鲁莽，管自找来一把铁锹，在当院里挖起埋人坑来。七婶一看要出大事，急忙忙跑到街上，拦住了邻居张老人。张老人是三八年的老党员,在村子里算得上是德高望重,连党支部书记都另眼看待。七婶把张老人拉进院子,看到丰收已把埋人坑挖好,解放和跃进每人拖着七叔一条腿往坑里拖。七叔手扒着地,像个小娃娃一样号哭着。一见有人来,七叔大喊:救命啊……还乡团要埋人啦……

张老人见状大怒,骂道:狗杂种们,你们想干什么?

丰收斜着眼道:我们想活埋了这个老东西!

张老人道:这个老东西是谁?

丰收道:我也不知道他是谁。

张老人道:难道他不是你们的爹?

丰收道:他是不是我们的爹,我们不知道;我们只知道恨他。他活着,对我们一点好处也没有,我们决心活埋了他,一来解解心头之恨,二来为国家省下一部分粮食。

张老人道:孽畜!活埋亲爹,无论搁在什么朝代也是凌迟大罪。你们不怕死就埋吧,反正他也不是我的爹。

丰收瞪着眼问:张爷爷,你告诉我们,啥叫凌迟?

张老人道:就是千刀万剐,一直剐成骨头架子。

丰收看看解放和跃进,道:哥,我们是跟他闹着玩的，对不对？

解放和跃进忙说：对，对，纯粹是闹着玩的。

张老人道：闹着玩？有你们这个玩法吗？

七叔从桑树上摘下一些桑葚，双手捧到我面前说：吃吧，吃吧，甜极了。

我说：您留着自己吃吧。

他说：我已经吃了许多啦，你不信就看看我的嘴。

我看到他的嘴被桑葚染成了紫红色。

我摘下帽子，承接了七叔赠我的桑葚。

七叔邀我到他的屋里去坐坐，我犹豫了一下，但还是答应了。

我弯着腰，尾随着七叔，钻进了他的坟墓。墓中有一股发霉的气息。七叔点燃了一盏豆油灯。一团黄光，照亮了憋促的墓穴。我看到，当年我们扔进墓穴中的衣被等物，已经烂成了碎片。但那个骨灰盒还完好如初。

七叔用一个粗瓷大碗，盛来一碗水，让我喝。我没敢喝。七叔叹息道：你七婶就要来找我了，她来了我的耳根就不得清静了。

起风了。成熟的麦子晃动着沉甸甸的穗子，像一层层凝滞的金黄色波浪。七叔的墓前洋溢着呛鼻的尘土气息，当然也有清新的空气在其中。无际的金黄中点缀着醒目的翠绿。桑叶肥大，油光闪闪，富含营养，正是春蚕上蔟前的最后一遍桑叶。

县文化馆的文学创作辅导员王慧，五十年代末被错划成右派时曾在我们村劳动改造过。她对我说：我认识你七叔，七麻子，革命神经病。你七叔长相凶恶，但心眼不坏。六十年代初期，生活困难，你七叔一边拉耧播种，一边伸手从桑树上往下撕桑叶吃。他咀嚼得满嘴冒绿沫，像一只受伤的蝗虫。王慧说：你七叔一边吃着桑叶一边喊叫：饿啊，饿啊，把人快要饿死了呀……王慧说：在我的印象里，你七叔好像一匹马，得着什么就往嘴里塞什么。也许他就是一匹马。王慧是研究上古神话的专家，她说那蚕宝宝就是一匹马变的。你看看那眠时高昂着的蚕头，像不像一匹马？

一只灰突突的鸟儿从麦垄间冲上蓝天，留下一串花样百出的呼哨。我的懵懵懂懂的脑海里，闪开了一道缝隙，清凉的泉水涌出来。一只黑色的蝴蝶在麦里桑间忽上忽下、懒洋洋地飞行着，我希望它就是七叔的灵魂。

于是我就追着那只黑蝶说：七叔，其实我们爱你；七叔，我们真的爱你；尽管您满怀着冤恨而死，但我们还是希望您的灵魂早日去您该去的地方,该上天堂您就上天堂,该下地狱您就下地狱,在这不阴不阳的地界里混着,终究不是个办法,您说呢?

一只燕子闪电般掠过麦梢。燕子过后,黑蝶不见了。如果七叔的灵魂进了燕子的肚子,也未尝不是一个美好的归宿。您说呢?

(一九九八年)

三十年前的一次长跑比赛

一、小　引

此文为纪念一个被埋没的天才而作。

这个天才的名字叫朱总人。

朱总人是我们大羊栏小学的代课教师。他家庭出身富农，本人成分"右派"。

搜检留在脑海里的三十多年前的印象，觉得当时的他就是一个标准的中年人了。他梳着光溜溜的大背头，突出着一个葫芦般的大脑门；戴着一副深度近视眼镜，眼镜腿上缠着胶布；脑门上没有横的皱纹，两腮上却有许多竖的皱纹；好像没有胡须，如果有，也是很稀少的几根；双耳位置比常人往上，不是贴着脑袋而是横着展开。人们说他是"两耳扇风，卖地祖宗"。他的出生年月不详。他也许还活着，也许早就死了。他活着的可能性不大，因为他曾经对我们说过，当我们突然发现他不见了时，他就到一个能将肉身喂老虎的地方去了。那时他就对刚刚兴起、被视为进步的、代替了土葬的火葬不以为然，他说：所有的殡葬方式都是人类对大自然的粗暴干涉，土葬落后，难道火葬就先进了吗？又要生炉子，又要装骨灰盒，还要建骨灰堂，甚至比土葬还烦琐。他说相比较而言，还是西藏的天葬才比较符合上帝的本意，但也太麻烦了点。难道老虎还需要将牛肉剁成肉馅？秃鹫其实也未必感谢天葬师的劳动。他说：如果我能够选择，一定要到原始森林里去死，让肉身尽快地加入大自然的循环。当与我同死的人还在地下腐烂发臭时，我已经化作了奔跑或是飞翔。后来，有一天人们突然想起来似的问：朱老师呢？好久没见朱老师了。是啊，好久没见朱老师了。他到哪里去了呢？这样他就从我们生活中消失了。

我曾在一篇文章里简单地介绍过他的一些情况，但那次没有尽兴。为了缅怀他，为了感谢他，也为了歌颂他，专著此文。

二、大　引

从很早到现在，"右派"（以下恕不再加引号），在我们那儿，就是大能人的同义词。我们认为，天下的难事，只要找到右派，就能得到圆满的解决。牛不吃草可以找右派，鸡不下蛋可以找右派，女人不生孩子也可以找右派。让我们产生这种看法的主要原因，是因为离我们大羊栏村三里的胶河农场里，曾经集合过四百多名几乎个个身怀绝技的右派。这些右派里，有省报的总编辑李镇，有省立人民医院的外科主任刘快刀，有省京剧团的名旦蒋桂英，有省话剧团的演员宋朝，有省民乐团的二胡演奏家徐清，有省建筑公司的总工程师，有省立大学的数学系教授、中文系教授，有省立农学院的畜牧系教授、育种系教授，有省体工大队的跳高运动员、跳远运动员、游泳运动员、短跑运动员、长跑运动员、乒乓球运动员、篮球运动员、足球运动员，标枪运动员，有那个写了一部流氓小说的三角眼作家，有银行的高级会计师，还有各个大学的那些被划成右派的大学生。总而言之吧，那时候小小的胶河农场真可谓人才荟萃，全省的本事人基本上都到这里来了。这些人，没有一盏省油的灯,如果不是被划成右派,我们这些乡下的孩子,要想见到他们,基本上是比登天还难。我们村的麻子大爷候七说,解放前,蒋桂英隔着玻璃窗跟一个大资本家亲了一个嘴,就挣了十根金条,如果不隔着一层玻璃、如果跟她通腿睡一个被窝……我的天,你们自己想想吧,那需要多少根金条!就是这个蒋桂英,竟然跟我姐姐一起在鸡场养鸡。我姐姐是鸡场二组的小组长,蒋桂英接受我姐姐的领导,我姐姐让她去铲鸡粪她就去铲鸡粪,我姐姐让她去捡鸡蛋她就去捡鸡蛋。她服从命令听指挥,绝对不敢有半点调皮。有人同情她,就说"落时的凤凰不如鸡"。后来发现,这娘们其实也不是什么凤凰,她躲在鸡舍里偷喝生鸡蛋,被我姐姐当场抓住。她不但嘴馋,而且"腰馋","腰馋"就是好那种事,在农场劳改期间,她生了两个小孩,谁是小孩的爹她自己也说不清楚。我们村在县城念过中学的大知识分子雷皮宝说,别看那个三角眼作家不起眼,其实也是个大风流鬼子。大家千万别拿着豆包不当干粮,那家伙,写了一本书,就挣了一万元!雷皮宝说,那家伙腐化堕落,自打出名后就过上了腐朽的资产阶级生活。他一天三顿吃饺子,如果不吃饺子,就一定吃包子,反正他绝不吃没馅的东西。包子、饺子,都用大肥肉做馅,咬一口,嗞,喷出一股荤油。这家伙不但写流氓小说，本人也是个大流氓。雷皮宝说，有一次他坐在火车上，突然看到一个漂亮女人蹲在铁道旁边，这家伙不顾一切地就跳了下去，结果把腿摔断了。你们看到了没有？雷皮宝说，这家伙一条腿长一条腿短，走起路来一拐一拐的。我们仔细一看，那家伙走起路来，果然一拐一拐的，可见雷皮宝没有撒谎。这些右派，看样子是欢天喜地的，不像别的地方的右派，平反之后，就诉苦，一把鼻涕两把眼泪，把右派生活，描写得暗无天日。也许别地方的右派六十年代时就哭天抹泪，反正那时候我们那地方的右派欢天喜地，充满了乐观主义精神。每到晚上他们就吹拉弹唱，尽管有人讽刺他们是叫花子唱歌穷欢乐。尽管蒋桂英嘴馋加"腰馋"，但人家那根嗓子的确是好，的确是亮，的确是甜，人家的确会"拿情"，人家的眼睛会说话，蒋桂英一曲唱罢，我们村那些老光棍小光棍，全部酥软瘫倒。尽管有的革命干部当众骂蒋桂英是大破鞋，但见了人家还是馋得流口水。也许是右派把痛苦藏在肚子里，不让我们这些庄户人看出来，对，就是这个理儿。右派集合到农场后，场里人起初还有意见，说是生活本来就困难，又送来一批酒囊饭袋，这还了得！但人家右派们很快就在各个领域表现出了才华，让我们乡下人开了眼界。省报总编辑李镇,负责办黑板报。场部的齐秘书办期黑板报,那谱摆得,大了去了!他要先写出草稿来,反复修改,然后拿着些大尺子小尺子,搬着凳子,端着粉笔,戴着套袖,来到黑板下,放下家什,摆好阵势,然后,前走走,后倒倒,有时手搭着眼罩,如同悟空望远,有时念念有词,好似唐僧诵经。折腾够了,他就开始往黑板上打格子,打好了格子才开始写字,写一个字恨不得擦三次,我们围着看看都不行,好像他在干一件惊天动地的大事,既怕羞,又保密。可人家李镇撅着个粪筐子到田野里转一圈,回到黑板前,拿起粉笔就写,根本不用打草稿。那粉笔字写的,横是横竖是竖,撇是撇捺是捺。不但字写得板正,还会画呢。人家在那些字旁边,用彩色粉笔,画上些花花草草,那个俊,那个美,看得我们直咂嘴,怪不得划成右派呢。我爹说,你以为怎么的,没有点真本事能划右派?再说说赵猴子盖大仓的事。赵猴子就是那个总工程师,他长得很瘦,尖嘴缩腮,而且还有一个眨巴眼的毛病,姓赵,真名叫赵候之,我们就叫他赵猴子。叫他赵猴子他也不恼,他自己说,在省城里时人家也叫他赵猴子,可见大羊栏的老百姓不比省城里的人傻多少。农场年年都为储存粮食发愁,于是就让赵猴子设计个大粮仓。赵猴子只用了一个下午就画出了图纸,然后又让他领着人盖。不到一年大粮仓盖好了。这粮仓,"远看像座庙,近看像草帽,出来进不去,进去找不到"。找不到什么?出来找不到进口,进去找不到出口,整个一座迷宫,全世界找不到第二座。还得说说会计师的事,大家都叫他老富,老富那时候就有五十多岁了,如果现在还活着,大概有一百多岁了。据说这人解放前是胶济铁路的总会计师,解放后被吸收到银行工作,他本事太大,连共产党也不得不用。他能双手打算盘,双手点钞票,还能双手写梅花篆字,就像三国里徐庶的老娘一样,我爹说。那时我们十几个村子都归胶河农场领导,每到年终,各村的会计都要到场部来报账。场里让老富来把总。一个人像流水一样念数,十几把算盘打得就像爆豆一样,人人都想在老富面前显身手。我叔是村里的会计,他从小在药店当学徒,磨炼出一手好算盘,在十几个村里小有名气。我看过我叔打算盘,那真叫好看,你根本看不到他的手指是怎么拨弄的,你只能听到啪啦啪啦的脆响。提起打算盘,让我叔服气的人还真不多,但我叔看了人家老富打算盘之后,一下子就变得谦虚谨慎了。我叔说,人家老富打算盘时,半闭着眼,一会儿挖鼻孔,一会儿抠耳朵,半天拨动一个珠,等我们噼里啪啦打完时,人家早就把数报出了。有时候,我们十几个人的得数都跟他的得数不一样,他就说,你们错了。当然是我们错了。

再说说标枪运动员马虎的事,咱就说那次难忘的长跑。马虎一点都不马虎,他的标枪投得只差一厘米就破了全国纪录。但我们认为,标枪比赛,光投得远还不行,还应该讲个准头。我想原始人投标枪时,首先就是讲准头,要不如何能得到猎物。如果讲准头,马虎是毫无疑问的全国冠军,弄不好连世界冠军也是他。那时候人民群众生活比较困难,肉类比较缺乏,国家干部大概还能吃点肉,老百姓只能吃点老鼠麻雀什么的解解馋。我们那地方地面宽阔,荒野连片,野兔子不少,甚至有一年,有一匹老狼从长白山不远千里跑到我们这里来玩耍,兔子太多,竟把老狼给活活地撑死了。有人要问了,为什么老百姓不打野兔改善生活呢?没有枪,没有弓箭。场里领导也想吃肉,就让马虎带着几个搞体育的右派去抓兔子。马虎下放不忘本行,劳改还带着标枪。他把从省城带来的那杆标枪的尖儿用砂轮打磨了,尖锐无比,闪着白光。他举起标枪,朝着那些狂奔的兔子,连准也不瞄就投过去。标枪在高空中飞行,发出簌簌的声音,好像响尾蛇似的,飞到兔子头上,猛一低头就扎下去,几乎是百发百中,不是穿透兔子的头,就是砸断兔子的腰。一上午就穿了四十多只。当然,他有这样大的收获,也离不开那几个右派的帮助。那个短跑运动员张电和长跑运动员李铁,负责把兔子往马虎面前赶,他们两个起的作用,就像两条出色的猎狗,一条善于穷追不舍,一条长于短促出击。有一条因为拉稀体力不佳的兔子,跟张电赛跑,被张电一脚踢死了,你说他跑得有多快。那天,马虎、张电他们,浑身挂满了兔子,就像得胜归来的将军似的,受到了全体右派、全场职工与干部的热烈欢迎。

我已经粗略地向大家介绍了这群身怀绝技的右派的情况,接下来就该说我们朱总人的故事了。与那些省里来的右派相比,他没有那些显赫的头衔,既不是专家,更不是教授,他就是一个土生土长的富农的儿子,解放前好像是跟着打学生成瘾的范二先生上过几天私塾,上私塾时也没表现出特别的天分。我六叔跟他在私塾时同过学,说起朱总人,我六叔说:他小时候比我笨多了,背书背不出,被范二先生用戒尺将两只手打得像小蛤蟆一样,吃饭连筷子都拿不住。但他特别调皮捣蛋,有许多鬼点子,他曾经将野兔子屎搓碎了掺到范二先生的烟荷包里,让范二先生抽烟之后打嗝不止。他还在范二先生的夜壶里放过青蛙,把倒夜壶的师娘吓了个半死。当然，他的这些恶作剧都受到了先生严厉的惩罚。他现在这样聪明，我六叔说，一定是在东北吃了那种聪明草做成的聪明药丸子。与那些省城的右派相比，朱总人的身材相貌更是铁丝捆豆腐不能提了。省城的右派，女的像唱戏的蒋桂英、学外文的陈百灵，那简直就是九天仙女下凡尘，村子里的那些老光棍编成诗歌传唱："蒋桂英拉泡屎，光棍子离地挖三尺；陈白灵撒泡尿，小青年十里能闻到。"男的里边，跳高运动员焦挺，话剧演员宋朝，都是腰板笔直、小脸雪白，让村子里那些娘们见了挪不动腿的好宝贝。三四十岁的老娘们想把他们抱在怀里，二十来岁的大闺女想让他们把自己抱在怀里。省城右派里最丑的是那个三角眼作家，最丑的作家也比朱总人好看。作家脸不好看，但身体很壮，要不也不敢见了女人愣从火车上往下跳。朱总人是一个驼背，好像偷了人家一口锅整年背着。他的背是怎么驼的，有好几种说法，比较权威的说法是他在大兴安岭当盲流时，在山里抬大木头，碰上个河南坏种，给他吃了一个哑巴亏，伤了他的脊梁骨，从此就驼了。还有一种说法是他去偷人家的老婆，被人家发现，人慌无智，狗急跳墙，摔坏了脊梁骨，从此就驼了。我相信前一种说法而坚决否定后一种说法，因为朱老师是我心中的英雄，我希望他抬大木头伤了腰,这样比较悲壮,多少还有那么一点英雄气概,比搞破鞋伤了腰光彩。大兴安岭,原始森林,红松大木,比人还要粗,长达数十米,重达两千斤,八个人,四根杠子,喊着号子抬起来,听着号子,颤颤抖抖地往前走:嗨哟——嗨哟——嗨哟——林间小道上尽是腐枝败叶,一脚下去,水就渗了出来。嗨哟——嗨哟——嗨哟——松鼠在树上吱吱叫着追逐蹿跳,飞龙咯咯叫着,展开像扇子样的花尾巴,从大树冠中滑翔到灌木丛里。这时,与他同抬一根杠子的河南坏种小花虎突然将杠子扔了,他猝不及防,身体晃了几晃,腰杆子发出了一声脆响,然后就趴在了地上,像一条被打断了脊梁骨的癞皮狗。他的像青杨树一样挺拔的腰从此就弯了,他的像铁板一样平展的背从此就驼了,一个好小伙子就这样废了。当然,如果他不遭这一劫,也就不会成为一个值得纪念的人。

那时候每年的五一劳动节,我们大羊栏小学都要搞一次运动会。起初这个运动会就是学生们跑跑跳跳,打打篮球、扔扔手榴弹什么的,一上午就结束了。后来,不知道怎么弄的,学生的运动会变成了老师的运动会,老师的运动会把农场的右派也吸收进来了。这一下我们大羊栏小学的五一节运动会名气就大了,很快就名扬全县、全区、半个省。我上小学三年级时，写了一篇《记一次跳高比赛》。这篇作文受到了老师的表扬。老师在我的作文本上用红笔画了许多圈，点了许多点，这就叫作可圈可点。他还用红笔写了二百多字的批语，什么"语言通顺"啦，"描写生动"啦，"层次分明"啦，"重点突出"啦，"继续努力"啦，"不要骄傲"啦，等等。后来我的语文老师把《记一次跳高比赛》送给右派一组的中文系教授老单看，老单看了说，一个十岁的少年能写出这样的文章很不简单。老单是全中国有名的文学史专家，连李白的姥姥家姓什么他都知道，能得到他的夸奖，就跟得到了郭沫若的夸奖没有什么区别。我们老师得寸进尺，又无耻地把《记一次跳高比赛》送给省报总编辑李镇看。李镇用一分钟就把文章看完了，然后摸出一支像火棍的黑杆钢笔，连钩带划，把原长一千字的《记一次跳高比赛》砍削成五十个字，说：就这样寄出去吧，没准能发表。我们老师非要他给写一封推荐信，他实在顶不住黏糊，就写了一百多个字，给省报的编辑。我和老师欢天喜地地把稿子寄出去，然后就天天盼省报，几天后文章果然发了。这一下子我有了名，我们老师有了名，我们学校有了名，我们学校的五一运动会更是大大有了名。第二年，全县教师运动会就挪到我们学校召开了。第三年,周围几个县的学校也组织体育教师来观摩。当时的县革委主任高风同志原先是八一体工大队的跳高运动员,因为腿伤,退役下到我们这里来的。该同志爱体育,懂体育,一进体育场就热血沸腾,一看见跳高架子就眼泪汪汪。他亲临我校参加了一届运动会,参观了比赛,兴奋得不亦乐乎。他还在百忙当中接见了我,用他的大巴掌拍着我的头说:"小家伙,你的文章我看了,写得不错,不错,继续努力,长大后争取当个记者。"他从胸前的口袋里摸出一支博士牌钢笔,送给我以资鼓励。激动得我尿了一裤子。开完运动会,他没有回县,直接去了农场,与场领导密谋了许久。回去后,他就拨来了十万元钱,让我们学校增添体育器材,修建比赛场地。所有的技术问题,由农场的右派解决;所有的力气活,由我们周围十几个村子的老百姓来干。出这样的力,我爹他们都感到高兴,感到光荣。那时候的十万元人民币,在老百姓心目中,简直就是天文数字,我们私下里说,这么多钱,怎么能点得清楚?马上就有人回答,有老富呢,怕什么?十万元,人家老富用脚丫子就拨拉清了,那还用得着手!

我写《记一次跳高比赛》时,学校的操场地面坑坑洼洼,没有垫炉渣,更没有铺沙子。那时是风天一身土，雨天两脚泥。那时根本没有跳高垫子，别说没见过，连听都没听说过。我们在操场边上挖了一个长方形的大坑，坑里垫上一层沙土，运动员翻过横竿就落在沙坑里，跌得呱呱地叫唤。跳高架子是我爹做的，我爹是个劈柴木匠，活儿粗，但是快。弄两根方木棍子，用刨子刨刨，下边钉上几条腿，棍上按高度钉上铁钉子，往沙坑旁边一摆，中间横放上一根细竹竿，这就齐了。我们学校有一个小王老师，中师毕业，也是个小右派，手提帽，我们全校的体育课都归他上。他个子不高，身体特结实，整天蹦蹦跳跳，像个兔子似的。我们写诗歌赞美他："王小涛，黏豆包，一拍一打一蹦高！"我爹说，你们这些熊孩子净瞎编，皮球一拍一打一蹦高，黏豆包怎么能蹦高？一拍一打一团糟还差不多。王小涛跑得很快，尽管他的速度不能与省里的右派张电相比，但与我们村里的青年相比，他就算飞毛腿了。县里拨款给我们学校修建体育场地，校长与农场场长商量后决定建一座观礼台，好让高主任等领导站在上边讲话、看景。为此，学校派人去县城买了一汽车木头。汽车拉来木头那天，我们就像过年一样高兴。我们村里的人除了高中生雷皮宝之外，谁见过汽车呀，可汽车拖着几百根木头轰轰烈烈地开进了我们村。大家伙把汽车围了个水泄不通，有的摸车鼻子，有的摸车眼，把司机弄得很紧张。校长和场长带着一群右派过来，好说歹说才把我们劝退。右派们爬上车去卸木头，村里的大人们也主动上前去帮忙。木头卸在操场边上，汽车就跑走了。我们跟着汽车跑，心里感到很难过。汽车的影子没有了，汽车卷起的黄烟也消散了，我们还站在那里。我们眼泪汪汪，心中怅然若失。那些木头堆放在操场边上，一根压着一根，码得很整齐。我爹抚摸着木头，两眼放着光说："好木头，真是好木头，都是正宗的长白山红松。"他从木头上抠下一坨松油，放到鼻子下边嗅嗅，说："这木头，做成棺材埋在地下，一百年也不会烂；做成门窗，任凭风吹雨打，一百年也不会变形。"众人都围在木头边上，嗅着浓浓的松油香，听我爹发表关于木头的演说。我爹是说者无意，但有人却听者有心。这个有心的人名叫郭元，是个脸色苍白、身体消瘦的青年。当天夜里，他就偷偷地溜到操场边上，扛起一根松木。

郭元扛起木头，歪歪扭扭地走了十几步，就听到一个人大喊一声："有贼！"郭元扔下木头，撒腿就跑。后边的人紧紧追赶。郭元个子很高，双腿很长，从小就有善奔的美名，加上做贼心虚，奔跑的速度很快，简直就像一匹野马，如果是村里人，休想追得上他。但该他倒霉，后边追他的，是我们的小王老师和右派张电、李铁。他们三个追逐着郭元在操场上转圈，如果是白天看，那根本就是赛跑，谁也不会认为是抓小偷。追了几圈后，李铁在郭元的脚后跟上踢了一脚，郭元惨叫了一声，一个狗抢屎就趴在了地上。李铁穿着一双钉鞋，这一脚几乎把郭元给废了。他们费了挺大的劲才把郭元拖起来。小王老师划了根火柴，火光照亮了郭元的脸。"郭元，怎么会是你！"小王老师惊叫着。郭元满嘴是血，羞愧地喃喃着。他的两颗门牙没了，嘴巴成了一个血洞。小王老师慌忙划着火低头给郭元找牙，发现那两颗牙已经镶在了坚硬的地面上。郭元是小王老师的好朋友，两个人经常在一起切磋传说中的飞檐走壁技艺，好得就差结拜兄弟了。郭元低着头，呜呜噜噜地说："没脸见人啦……没脸见人啦……"小王老师问："你这家伙，扛根木头干什么？"郭元道："想给俺娘做口棺材……"李铁与张电见此情况，就说："你走吧，我们什么也没看到。"郭元一瘸一拐地走了。三个人把那根红松木抬回到木头垛上，累得气喘吁吁。黑暗中，张电说："这伙计，太可惜了，如果让我训练他三个月，我敢保证他能打破省万米纪录。"李铁对小王老师说："早知道是你的朋友，我何必踢他那一脚？"小王老师说:"你们太客气了,这事谁也不怨,就怨他自己,我们放了他一马,已经对得起他了,否则,他很可能要去蹲监狱的。"

第二天,郭元就从我们村子里消失了,谁也不知道他到什么地方去了。生产队长到他家去找他,问他母亲,问他弟弟,都说不知道他的下落。一转眼过了十年,当我们把他忘记了时,当我从一个小孩子长成一个青年时,郭元背着一条叠成方块的灰线毯子回来了。问他这十年到什么地方去了,他说到大兴安岭去了。问他在大兴安岭干什么,他说抬木头,抬那些流着松油的红松木。他因为扛一根不该扛的红松木而亡命大兴安岭,付出了抬十年红松木的沉重代价。我成了他的好朋友,每逢老天下雨不能出工时,就到他家去听他说那些稀奇古怪的关于大兴安岭的故事。我发现,他这十年,学到了许多待在我们村子里不可能学到的东西,可以说他是因祸得福。他的脖子后也鼓起了一个大包,自己说是让大木头压的。由此我更相信,朱总人老师的罗锅子的确不是搞破鞋跳墙跌的。

那次跳高比赛,参赛的运动员共有四人,一个是省里来的右派、专业跳高运动员汪高潮,一个是我们学校的体育老师小王,一个是公社教育组的孙强,还有一个就是我们的朱总人朱老师。开始时横竿定在一米五十的高度上，汪高潮举手请求免跳，小王老师也请求免跳。孙强不请求免跳，他说他就是想参与进来凑个热闹，根本就没想拿什么名次。他是侦察兵出身，举手投足之间，显出在部队受过摸爬滚打训练的底子。他脱掉长衣服，只穿着短裤背心。背心已经很破，像渔网似的，但那红色的"侦察兵"三个大字还鲜明可见。他在那儿抻胳膊压腿时，观众们就在旁边议论。说他能头撞石碑，肉掌开砖，还能听声打鸟，赤手夺枪。我们那儿对人的最高夸奖就是"不善"，譬如说庄则栋这人不善，就是说庄则栋好生了得的意思，并不是说他人恶。孙强抻胳膊压腿时，我们就议论他的光荣历史，说孙强这人不善。孙强活动开了筋骨，就像马跑热了蹄子一样。他从横竿的侧面跑到横竿前，一个燕子剪水的动作，越过了横竿。我们手拍巴掌，嘴里发出欢呼声。然后是朱总人老师上场。他一上场大家就笑了。朱老师那样子实在好笑，并不是我们不尊重他。他也脱了长衣服，只穿着背心短裤。他那两条腿又黑又瘦，从小腿到大腿，通通生长着黑毛。我们给他起了个外号"猪尾巴棍子"，固然与他姓朱有关，更与他一身的黑毛有关。他穿着长大的衣服，还能遮点丑，脱掉长衣，原形就暴露无遗。他的背前倾约有四十五度角,后脖颈下那儿,生硬地突出了一大团,好像一个西瓜。为了看人,他不得不把脸使劲地扬起来,那副模样,让你既受他的感动,又替他感到难过。我们当时都暗暗地想,一个人变成这样的罗锅腰子还不如死了好。我们都笑他,他很不理解地瞪着我们,说:"你们笑什么?有什么可笑的?"有人说,老朱你就算了吧,别给咱们大羊栏丢人啦!他的那两只小三角眼在褪了色的白边近视眼镜后边不停地眨着,他说:"人与野兽的一个重要区别就是,人是唯一的有意识地通过运动延长生命的动物。"他的话我们听不明白,但省里来的右派汪高潮肯定听明白了。汪高潮用赞许的目光看着老朱,还不停地点头。朱老师也对着他点头,这两个人就这样成了知音。要不怎么都划成右派呢!右派见了右派,就像猩猩见了猩猩一样,肯定感到特别的亲切吧?咱不是右派,没法子体会人家见面时那种感情。朱老师笑完了,就学着侦察兵的样子抻胳膊压腿,做着跳跃前的准备。大家看到他这样子,总觉得有点滑稽,就像看到一个猴子跟着人学样似的。老朱边活动着身体,边往后退。人家侦察兵方才是从横竿的侧面飞越了横竿,但朱总人却退到了正对着横竿十几米的地方。有人说,老朱,到边上去呀!他瞪着眼问:"为什么？为什么让我到边上去？"人家侦察兵就是从边上助跑翻过了横竿，你站在正中是怎么个说法？他笑着说了一句："正面突破！"便不再答理我们。然后他就对着担任裁判的余大九举手示意。余大九说，你就别磨蹭了，有多少尿水赶快撒了吧，别耽搁了别人跳。朱老师说："你们这些狗东西，个个都是狗眼看人低！"说罢，他就大声叫唤着："呀呀呀……"他大声叫唤着向横竿冲过去。到了竿子前，一团黑影子晃了一下我们的眼，他就翻到横竿对面去了。他一头扎在沙坑里，跌出了一声蛙鸣。爬起来，眼镜也掉了，一脸沙土，嘴里呸呸地往外啐着沙子，然后就蹲下摸眼镜。我们有点怀疑这件事情的真实性，难道一个罗锅腰子真的翻越了一米五十的高度？我们回忆起方才的情景：朱老师大声地喊叫着"呀呀呀……"朝着横竿冲过去，冲到横竿前面时，他好像停顿了一下，非常短暂的几乎难以觉察的停顿，然后他就像一个皮球似的弹跳起来，翻越了一米五十的横竿。我们又仔细回忆了一下朱老师方才的动作，他"呀呀呀"地大声喊叫着向横竿冲过去，冲到横竿前面时他的的确确地停顿了一下，在这停顿的瞬间，他的身体转了半圈，他原本是背对着我们的——有他的背上的大罗锅为证——但他在跃起的瞬间却将他的脸对着我们——

有他脸上的褪了颜色的白眼镜为证——然后他就像个皮球似的弹起来,他的弯曲的身体升高升高进一步升高,升到最高处,然后他就背重腿轻地翻到沙坑里去了。他的罗锅在沙上砸出了一个大坑,然后他就不由自主地翻了一个身,这时他的脸才扎进沙里。当时,我们根本没有想到,朱老师这一跳,在世界跳高运动史上所具有的革命性意义。当时,最常见的姿势还是剪式,就像侦察兵那样跳。当时最先进的跳法是俯卧式,几年后倪志钦打破世界纪录用的就是俯卧式。省里来的右派汪高潮掌握了俯卧式跳法,但并不熟练。像朱老师这种跳法,绝对是世界第一。汪高潮也没有认识到这种跳法的科学性。当时,他也像我们一样有点发呆。这样一个残疾人用一种古怪的姿势跳过了一米五十的横竿,谁见了也得发呆。但汪高潮后来说他当时就隐隐约约地感到了一种震撼。过了十几年,当背越式跳法流行世界,将俯卧式跳法淘汰之后,当了教练的汪高潮才恍然大悟,并痛恨自己反应迟钝,一个扬名世界的机会出现在他眼前,可惜他让这机会一闪而过。汪高潮率先鼓起掌来,我们也跟着鼓。有人说,老朱,你行啊!他说:"才知道我行?告诉你们这些兔崽子们,人不可貌相,海水不可斗量!俗话说得好:'没有弯弯肚子,不敢吞镰头刀子！'"接下来横竿升到一米六十,侦察兵连跳三次都没过,他说,不行了,咱就这点水平了,不跳了。小王老师第一次没跳过去,第二次跳过去了,他用的也是剪式跳法。朱老师走到横竿下,举手摸摸头上的横竿,说:"高不可及,望竿兴叹!咱也不行了,咱是野路子,看人家汪同志的吧!"汪高潮往后退了几步,几乎没有助跑,就把一米六十过了。他用的是俯卧式跳法。朱老师使劲鼓掌,大声夸奖:"真漂亮,真是漂亮,专业的跟业余的就是不一样!"横竿升到一米七十,小王老师也被淘汰了,汪高潮助跑了几步,一下子又把一米七十的高度过了。冠军已经是汪高潮了,但他还不罢休,他让人把横竿升到了一米九十,跟操场边上的小杨树一般高了。天,他要在我们的沙坑里创造全省纪录了。我们都不错眼珠地盯着他。他这次也认了真,退回去十几米,一个劲地活动腿和腰,然后他就像小旋风似的朝横竿刮过去。他还是用俯卧式,像一只大壁虎似的,他把横竿超越了。他的身体将横竿碰了,但我们的横竿是放在钉子上的,轻易碰不下来,跳高架子晃了几下,没倒,横竿也没掉下来,就算过了。一米九十,跟操场边上的小杨树一般高!大家欢呼,跳跃,真心里感到高兴。喊得最响,跳得最高的是朱老师,他这人一点都不忌妒。他上去就抓住了汪高潮的手,激动地说:"祝贺你,祝贺你!你创造了奇迹!"汪高潮有点不好意思,说,其实我碰了竿,不算数的。朱老师说:"算算算,当然算,我们这儿条件这样差,地面不平,器材也不合格,碰不下竿来就应该算数。"汪高潮说,您跳得也相当不错,您的姿势很有意思。朱老师说:"您太客气了,汪同志,我们是土压五,您是勃朗宁,根本就不能相提并论。这么说吧,我们是老鸹打滚,您是凤凰展翅,能跟您同场比赛,是我们这些人的福气。"运动会结束后,老师让我们写作文,我就写了那篇《记一次跳高比赛》。我在作文中,主要写了汪高潮,写汪高潮在农村的土沙坑里打破了省纪录,朱老师一个字也没提。现在回想起来,觉得很对不起他。

在上级领导的亲切关怀下,在农场右派、教职员工、贫下中农的共同努力下,我们的运动场扩建了,运动场旁边的观礼台也修好了,各种运动器材也买了回来。跳高不用往沙坑里跳了,可以跌在蒙着绿篷布的弹簧垫子上了。乒乓球台也不再是露天的水泥台子,而是安放在室内的木头台子了。台子是用大兴安岭的红松木制作的,上边涂着墨绿色的漆,中间还画了一条白漆线,周围还用白漆画上了白边,界限分明,绿漆和白漆都闪闪发光。网子是用尼龙线编织,墨绿的丝网,上边是一道白边,两边用螺丝固定在台子上。我们小王老师说,庄则栋和徐寅生等人打球也是用这种牌子的球台,这就说明我们一下子就达到了国际先进水平。因为中国的乒乓球运动是世界上水平最高的,所以中国的乒乓球运动器材也就是世界上最好的。我们的比赛用球是"红双喜",当时卖两毛四分钱一个,在我们心目中贵得要命。小王老师说国际比赛用的也是"红双喜",这又说明我们的运动会在某些方面达到了国际先进水平。

  朱老师打乒乓球的事不能不提。他是一个不折不扣的怪球手,我们学校的老师没有一个人能打得过他。县里的冠军到我们学校打表演赛,当然没有人是他的对手(校长不让朱老师上场)。冠军牛皮哄哄,一会儿嫌我们学校的水咸,一会儿嫌我们学校的饭粗,最后还嫌我们学校的厕所有臭气。气得我们校长这样的大好人都嘟哝:"啥呀,难道县里的厕所就没有臭气了吗?"其实我们学校的厕所是个古典厕所,垒墙的砖头都是明朝的,厕所里那棵大杏树是民国时期种的,虽然算不上古树,但那颗杏核却是范二先生从曲阜孔林里那棵孔夫子亲手种植的老杏树下捡了一颗熟透了的大杏子里剥出来的。孔夫子手植树的嫡传后代,意义重大,又何况,所谓"杏坛",也就是教育界的文雅别称,范二先生什么树都不栽,单栽一棵杏树;他什么地方都不栽,偏把杏树栽到当时的私塾茅坑、如今的学校厕所边上,其复杂的用心是多么良苦哇!你一个小小的县乒乓球冠军,比一根鸡巴毛还轻个玩意儿,有什么资格嫌我们的厕所臭?老师们都愤愤不平,撺掇朱老师跟冠军干一场,煞煞他的狂气,让他明白点做人的道理。朱老师说,校长说了,不让我参加比赛嘛!老师们说,事情已经发生了变化,我们去找校长说。于是就有人去跟校长说,让朱老师跟冠军打一场。校长说,不太合适吧?!大家说,有什么不合适的,打着玩嘛,也不是正式比赛,再说,我们让朱老师教育教育他,也是为了他好,也是为了他的进步,并不是纯粹为了出口气。校长说,我不管,我马上就回家,这事就当我不知道。校长走了。县里的冠军和他的几个随从蹬开自行车也要走。小王老师上前拦住他们,说:冠军同志,别急着走,我们这里还有个怪球手,想向您学习学习。冠军轻蔑地说:怪球手?不会是用脚握球拍吧?小王老师说:冠军同志,您可真爱开玩笑。用脚握球拍,那不成了"怪球脚"了?众人哈哈大笑。冠军也笑了。小王老师说:我们这个怪球手,保证用手跟您打。他原先是用右手打,划成右派就改用左手打了。冠军说：还有这种事呀！小王老师把朱老师拉过来，对冠军说：就是他，我们学校里挖厕所的校工，当然，敲钟分报纸也归他管。冠军看看朱老师，忍不住就笑了。朱老师说：冠军，敢不敢打？冠军说：好吧，我也用左手，陪着您玩玩吧。一行人就进了办公室。冠军把自己的拍子从精致的布套里掏出来，用小手绢擦了擦球拍的把子，说：开始吧，我们还急着回去，晚上还要跟河南省的选手比赛呢。朱老师从台子上拿起一个胶皮像猪耳朵一样乱扇乎的破拍子，说：开始吧。冠军说：也不是正式比赛，你先发球吧。朱老师说：那可不行，该怎么着就怎么着，我可不敢欠您这个人情。冠军不耐烦地说：那就快点。说时迟，那时快，猜球的结果还是朱老师发球。冠军说：这不还是一样嘛！朱老师说：那可不一样！当然是朱老师说的对。朱老师紧靠着台子站着，他的上半截身体几乎与球台平行着，他的双手却隐藏在球台下。冠军果然就用他不习惯的左手拿着球拍，一副不耐烦的样子。朱老师也没多说什么，就把第一个球发了过去。他的球好像是从地狱里升起来的，带着一股子邪气。冠军的球拍刚一触球，那球就飞到房梁上去了。冠军吃了一惊。朱老师说：要不这个不算？冠军说：你太狂了吧？他抖擞精神，等待着朱老师的球。又一个阴风习习的球从地狱里升起来了，冠军闪身抽球，触网。冠军嘴里发出一声怪叫：哟嗨，邪了门啦！朱老师憨厚地笑着，说：接好！第三个球就像一道闪电，唰的一声就过去了。冠军的球拍根本就没碰到球。他的小脸顿时就红了，全县冠军，竟然连吃了一个罗锅腰子三个球，这还了得，传出去还不把人丢死？于是他的球拍仿佛无意中就换到了右手里。朱老师扮了一个鬼脸，小王老师一点面子也不给冠军留，大声说：冠军，怎么又换成右手了？冠军咬咬下唇，没有吭气。朱老师双手藏在球台下，眼睛死盯着冠军的脸，冠军紧张不安，脸上渗出汗水。这个球又是快球，冠军把球推挡过来，朱老师把球挑过去，擦边而落。冠军摇摇头，表示没办法。第五个球发过来，像大毒蛇的舌头神出鬼没，冠军又没接住。五比零，朱老师领先。接下来我就不想啰唆了，朱老师靠神鬼莫测的发球和大量的擦边球，把冠军打得大败，三盘皆输。朱老师说：冠军同志，您不该这样让球。冠军气得嘴唇发白，风度尽失，将球拍扔在球台上，说：你这是什么鬼球！朱老师笑着说：对不起，实在是对不起。

几年之后，我们大羊栏小学的五一运动会，实际是变成了县里的春季运动会。高风同志热爱体育，喜欢热闹，每次运动会必来参加，不但他自己参加，他还给邻县的领导发邀请，让他们组团前来。地区革委会主任秦穹是高风同志的老上级，高风同志把他也拽来过一次。这一下我们的运动会规格更高了。当时，省体育界的人士认为，大羊栏小学五一运动会的金牌，含金量比全省运动会的金牌还要高。这样的奇迹大概只有在那个特殊的年代里才可能发生，那时人们的思想其实蛮开放的，没有那么多清规戒律，也没人把成绩看得太重，大家把运动会看成了盛大的节日，人人参加，个个高兴，绝对没有现在的运动会这样多的猫儿尿，什么高价雇用国家队的退役运动员冒充农民运动员，把全国农民运动会搞成了假冒伪劣运动会，什么喝鳖血的，吃疯药的，那时人民比现在要纯洁一千多倍，不像现在这样有那么多不健康的思想。那时大家参加运动会都是自带干粮，我们学校用大锅烧上两锅开水，倒在操场旁边的一口大缸里，缸上盖一个圆木盖子，防止刮进去太多的尘土。大缸旁边一张桌子上摆着一摞粗瓷大碗，跟赵一曼同志用过的那种一模一样。同志们大家谁都可以过去掀开缸盖子，舀一碗水，咕嘟咕嘟灌下去。一碗热水灌下去，浑身大汗冒出来，嘿，真过瘾！连秦穹同志也到大缸里舀水喝，现在的地委书记，给他一根金条他也不会跟我们这些草民在一口大缸里舀水喝。好啦,咱们马上从现在回到过去。过去其实也不太遥远,也就是三十来年前的事。

1968年5月1日,地区革委会主任秦穹同志在县革委主任高风同志陪同下,坐着一辆草绿色的吉普车,一大早就来到我们学校。我们学校操场边的观礼台上,正中放着一个大喇叭,两边摆满了花篮,插着十几面旗,有红旗,有黄旗,有绿旗,有粉红色旗、杏黄色旗、草绿色旗。没有蓝旗,没有白旗,更没有黑旗。那时也多少要搞一点形式主义的东西,地革委主任,多大的官呀,能到我们这个小小的大羊栏小学,你想想我们这些穷苦的老百姓心里是多么样地激动和感动吧!所以我们一大早就麇集在操场边上,各人都举着一面自己糊的小纸旗,等着欢迎秦主任的专车。在等待的过程中,赵红花的妹妹赵绿叶因为低血糖晕倒在地,把脑门子磕起了一个大包,老师把她抬下去,但过了一会儿她又跑回来。老师让她回家休息,她难过得哭起来。老师说:别哭了,别哭了,待在这里吧。由此可见我们对秦主任的感情是很真的。现在当然不行了,现在别说是一个地区级干部,就是美国总统来了,让我们去欢迎,我们也不一定愿意去。好了,秦主任的吉普车来了。

上午九点钟还不到,秦主任的吉普车就开进了我们学校的操场。我们的操场是很平整的,为了让它平整,右派和贫下中农付出了大量的劳动,连我们这些顽童也出了不少力。我们都认识到这个操场的意义,所以大家义务劳动,热情高涨。我们把全县的炉渣子都拉来垫了操场,我们拉着石磙子在操场上转圈,真有点人欢马叫闹春耕的意思。我们还到胶河底下挖来那种透亮的白沙子,在操场上撒了一层,撒一层就用石磙子镇压一遍,一遍一遍又一遍,越撒越压越好看。我们的操场是长方形的,用白石灰水浇出了椭圆形的跑道,跑道中间,开辟成投铅球、甩铁饼、掷标枪、扔手榴弹的场地,跳高与跳远还在操场边上,原先跳高与跳远用同一个沙坑,现在跳高不用沙坑用蒙着绿篷布的弹簧垫子。篮球比赛在学校原先的球场上,地面当然也是费了大劲平整过的,上面也垫了炉渣撒了沙。篮球架子是新买的,是那种用铁管子焊起来的,篮圈上还挂着网。我们原来的篮球架子是我爹做的,很简单,就是在一根槐木上插上一个铁圈,上边原来有几块挡板,后来挡板被坏分子偷走了,就闪下两个铁圈,两根槐木,槐木上还生出一些细枝嫩叶,又酷又爽。我们就是在这样的架子上打球,我们都不会投擦板球,要么投不中,投中了就是漂亮的空心入圈。乒乓球比赛是最重要的比赛,因为当时全国人民都爱好乒乓球运动,那也是潮流。乒乓球比赛将在我们学校的办公室里进行。老师和校长的办公桌都抬到露天里放着。墨水瓶东歪西倒,流了许多血;白纸刮得满天飞,像散发革命传单。

秦主任和高主任从吉普车里钻出来了,我们一齐欢呼:欢迎欢迎,热烈欢迎!一边喊我们还一边挥舞小纸旗。十几个长得五官端正的女生腰里扎着红绸子,脸上抹着红颜色,在我们前面边扭边唱。四个男生憋足了劲,鼓着腮帮子吹军号。他们刚练了不久,还吹不出个调,哞哞哞,哞哞哞,跟牛叫差不多。欢迎的场面尽管不能与现在相比,但在当时那个条件下,我们感到已经隆重得死去活来了。在校长的引导下,秦主任在前,高主任在后,对我们挥手致着意,向观礼台走去。秦主任是个小胖子,通红的圆脸蛋,好像一个被太阳晒红的大苹果。我特别注意到他的手,手是小手,小红手,小胖手,手指头活像一根根小胡萝卜。怪不得我爹说大手捞草,小手抓宝。瞧人家秦主任那手,一看就知道那是抓印把子的,人生有命,富贵在天,生气也没用,不服也不行。跟在他老人家后边的高主任,是一个大个子,因为他要将就秦主任的步伐,所以他不能迈开大步往前闯,这就显得他步伐凌乱,跌跌绊绊,好像个大黑瞎子。上了观礼台，磨蹭了一会儿，我们校长站在麦克风前，宣布运动会开幕，然后让秦主任讲话。秦主任把麦克风往自个眼前拖了拖，讲了起来：革命的——吱——大喇叭发出一声长长的尖啸，好像针尖和麦芒。这是怎么搞的！秦主任用手拍拍麦克风头，啪！啪！啪！麦克风头上包着一块红绸子，显得神秘而娇贵。麦克风挨了打，便老老实实地工作起来。秦主任讲话根本不用讲稿，滔滔不绝，好像大河决了口。秦主任讲完了，校长又让高主任讲，高主任简单地讲了几句就不讲了，然后是运动员代表讲话，那时还不兴运动员、裁判员宣誓什么的，所以运动员代表发了言比赛就开始了。我们学校那个普通话说得最好的钢板刻印员王东风负责广播，她拉着长腔，像我们在电影里听到过的国民党中央广播电台的女播音员那样娇滴滴、酸溜溜地说：男子成年组一万米比赛马上就要开始了请运动员做好准备（以上重复三遍）裁判组鲤鱼汤（疑是教导主任李玉堂）同志请到观礼台前来有人找（重复三遍）。

三、正　文

　　模仿着国民党中央电台女播音员的娇嗲腔调，钢板刻印员王东风又把男子成年组万米比赛即将开始的消息广播了三遍。广播刚完，担任发令员的总务主任钱满囤就大叫了一声：嗨！一声嗨吓了众人一跳。接着他吹了一声哨子，大声问：运动员齐了没有？站在起跑线上抻胳膊拉腿的运动员们都停止了活动，眼巴巴地望着钱满囤，等待着他的点数。一、二、三、四、五、六、七、八，八个，一个不多，一个不少，正好。你们大家都站好了，听我把比赛中要注意的事项再对你们宣布一下，他说，比赛过程中不得随意离开跑道，如果确有特殊情况，譬如大小便什么的，那也要得到裁判员的批准，方能离开跑道……

钱满囤这个人，被我们大羊栏小学的学生恨之入骨。我们学校掀起的捡鸡屎运动就是他的倡议。他不知从什么报纸上看到，说鸡屎里富含着氮、磷、钾、维生素，还有多种矿物质，因此鸡屎不但是天下最好的肥料，而且还是天下最好的饲料。他说如果有足够多的鸡屎，完全可以从鸡屎里提炼出黄金，或是提炼出那种让法国的居里夫人闻名天下的镭，当然也可以提炼出制造原子弹的铀。他还说，国外流行一种价格昂贵的全营养面包，里边就添加了鸡屎里提炼出来的精华。经他这样一鼓吹，没有主心骨的傀儡校长就下了命令，在我们学校开展了捡鸡屎的运动。钱满囤说他已经跟县养猪场联系好了,我们有多少鸡屎,他们要多少鸡屎。老钱在全校师生大会上说,猪场做了实验,说那些猪吃起鸡屎来就像小学生吃水饺似的。吃一斤鸡屎,长半斤猪肉,所以捡一斤鸡屎,就等于给国家生产了半斤猪肉。而且猪屎还可以喂鸡,鸡屎又回去喂猪,如此循环往复,以至无穷,这就叫鸡屎猪屎大循环。校长给各年级下了指标,年级给各班分了任务。班主任又把任务分解到各个学习小组,小组又把任务分配给每个学生。当时我在三年级二班四组学习,分配到我名下的任务是在一个月内,必须交给学校鸡屎三十斤。一天平均一斤鸡屎,按说这任务也不能算艰巨,但真要捡起来,才感到困难重重。如果是我们全校只有我一个人捡鸡屎,别说每天捡一斤,就是每天捡五斤,也算不了什么难事,问题是我们全校的几百个学生一齐去捡,老师也跟着捡,全村就养了那么有数的几只鸡,哪里有那么多鸡屎?有人说了,为什么不到邻村去捡?我们大羊栏小学是中心学校,邻村的孩子也在我们学校上学。何况学生抢鸡屎,谣言马上就制造出来,说是国家收购鸡屎出口,一斤鸡屎能换回来十斤大米,于是老百姓就跟我们抢鸡屎。朱老师设计了捡鸡屎的专用叉子和盛鸡屎的专用小桶,让我们自己回去仿造，自己仿造不了就让家长仿造。那些日子里，我们周围十几个村子里的大街小巷里，时时都能见到一手拿叉一手提桶的小学生。家里的鸡屎、鸡窝里的鸡屎当然早就捡尽了。我们把那些不拉屎的鸡撵得跳墙上树，如果有只鸡开恩拉一泡屎，保准有一窝小学生往上冲。为了一泡鸡屎，经常发生激烈的冲突，打破脑袋的事情也发生过好几起。刚开始我们还用朱老师设计、我们家长仿造的鸡屎叉子文质彬彬地捡，后来，干脆就用手去抓，也只有用上了手，你才有可能把一泡热鸡屎抢到。可恨的是在那些日子里，几乎所有的鸡都拉一种又臭又黏的酱稀屎，好像是成心跟我们做对头。我为此恨恨地骂鸡。我娘说，你还好意思骂鸡，鸡为什么拉肚子？都是被你们这些小坏蛋给撑的！我们家那两只老母鸡原本是每天下一个蛋，自从我们学校开展捡鸡屎运动后，它们就只拉稀屎不下蛋了。村子里那些养着老母鸡的女人，恨不得剥了我们钱主任的皮。我们根本完成不了学校下达的鸡屎指标，完成不了就挨训。为了不挨训，我们就想办法弄虚作假，譬如往鸡屎里掺狗屎、掺猪屎啦，但每次都被钱满囤揭穿。钱满囤提着一杆公平秤，站在校长办公室门前，脸如铁饼子，目如秤钩子，等待着我们，就像我们在阶级教育展览馆里看到的那些画出来的收租子的老地主。我们提着鸡屎桶，排着队过称。排队时我们大多数双腿发抖。他接过我的鸡屎桶，先是狠狠地盯我一眼，问：掺假没有？！我说：没……没掺……他轻蔑地看俺一眼，说：没掺？！然后他就把鸡屎桶放到鼻子下边一嗅。还敢撒谎！张老师！他大声喊叫着我的班主任，我的班主任张老师就站在旁边，慌忙点头。他这桶里，三分之二的都是狗屎！然后他就把我的鸡屎桶扔到我的班主任老师眼前。我的班主任老师毫不客气地拧着我的耳朵把我从队列里拖出来，让我到校长办公室窗前罚站，一罚就是一上午。钱主任指着我大发脾气：你们看看他这样子！从小就弄虚作假，欺骗老师，品质恶劣，长大还不知道会坏成个什么样子！我羞愧地低垂着发育不良的脑袋，下巴紧抵住胸脯，眼泪滴到脚背子上。哭也没用！接下来，他又抓出了几十个在鸡屎里掺假的，让他们与我一起罚站，这样我的心里就好受多了。我孬好还掺了狗屎，方学军干脆在鸡屎里掺上了黑石头子儿。方学军家是老贫农兼烈军属，钱满囤不敢对他进行人身攻击，只让他到窗前罚站。方学军根红苗正，大伯抗美援朝时壮烈牺牲，爹是村里的贫农主任，哥是海军陆战队，罚他的站？罚我的站？！他把那个鸡屎桶猛地砸在校长办公室的窗子上，破口大骂：钱满囤我操你老祖宗！我要到中央告你个狗日的！钱满囤当时就愣了，半天没回过神来。等他回过神来，我们早就扔掉鸡屎桶，跟着方学军跑了。我们说：天天捡鸡屎，这学，孙子才上呢！由于方学军的革命行动，钱满囤的捡鸡屎运动可耻地结束了。就是这样，校长办公室外，也积攒了一大堆鸡屎。天很快就热了，鸡屎堆在那里发了酵，发出了一种比牛屎臭得多的气味，招引来成群结队的苍蝇。校长催老钱跟县养猪场联系，赶快把鸡屎卖了，原说是两毛钱一斤，可以卖不少钱呢。但人家养猪场说，根本就没听说过用鸡屎喂猪这回事。于是老钱就成了众矢之的。后来，我们村把鸡屎拉到地里当了肥料。事后老钱不服气，说，就算鸡屎不能喂猪，完全可以用来养蚯蚓，然后再把蚯蚓制造成中药或是高蛋白食品，拉到田里当肥料，实在是可惜了。

老钱穿着一件磨得发白的蓝布褂子，胸兜里插着三支钢笔，脖子上挂着一个铁哨子，手里举着一把亮晶晶的双响发令枪，眼睛紧盯着手腕上的瑞士产梅花牌日历手表。那时候这样一块手表可是不得了，把我们村的牛全卖了也不值这块表钱。这块表是右派乒乓球运动员汤国华的，他是归国华侨，他叔叔是印度尼西亚的橡胶大王,梅花手表就是他叔叔送给他的。他能把自己的梅花表无偿地借给运动会使用,说明这个人有相当高的思想觉悟,一般人做不到这一点。老钱夸张地举起胳膊,因为手表的分量和价值,他的胳膊显得僵硬。他的眼睛紧盯着飞快转动的红头秒针,脸上的表情严肃得让人不敢喘气。距离预定的比赛时间还缺两分钟时,他用洪亮的嗓门高声喊道:各就各位——预备——啪啪!两声枪响,枪口冒出一缕淡淡的青烟,三个掐秒表的计时员在枪口冒出青烟那一霎,按下了秒表的机关,比赛开始。

在老钱的发令枪发出两声脆响之前,站在用白灰浇出的起跑线上的八个运动员都弯下了腰。因为是万米长跑,不在乎起跑这一点点的快慢,所以运动员们没有把屁股高高地撅起,也没有双手按地,做出一副箭在弦上的姿态。要说腰弯的幅度,还是我们的朱老师最大,但这并不是他的本意,他的腰不得不弯,我们在前面已经反复地介绍了他的腰,这里就不再赘述。老钱的发令枪啪啪两响的同时,运动员们就一窝蜂似的跑了起来。起初几步,他们的步伐都迈得很大,显得有点莽撞冒失。跑了几十米,他们的步伐就明显地小了。他们像一群怕冷的、胆怯的小动物,仿佛是有意地、其实是无意地往跑道的中间拥挤,好像要挤在一起寻求安全。他们跑得小心翼翼，试试探探，动作既不流畅也不协调。他们的膝关节仿佛生了锈，看样子脑袋也有点发晕。跑在最前面的是帮助标枪手轰过兔子的右派长跑运动员李铁。他穿着一件紫红色的背心，一条深蓝色的短裤，脚上蹬着一双白色的回力球鞋。他的背心后边钉着一块白布，白布上的号码是235，我至今也弄不明白这个号码是根据什么排出来的。紧追着他的运动员是县一中的体育教师陈遥，一个满脸骆驼表情的青年，据说是师范学院体育系的毕业生，应该说也是个体育运动的行家里手。陈遥后面是我们学校的小王老师，小王老师后面是一个铁塔似的黑大汉，听人说他是地区武装部的干部，姓名不详，号码是321。321号后面，是一个必须重点介绍的运动员。他是我们公社食堂的炊事员，年龄看上去有四十岁了，也许比四十岁还要多。他是我们公社的名人，叫张家驹。都说他解放前在北京城拉过黄包车，跟骆驼祥子是把兄弟，自然也认识虎妞。他也能倒立行走，也是一个长方形的蚂蚱头，脖子跟头差不多粗，额头上有一块明疤，小时候让毛驴咬的。虽然他现在是空着手跑，但他的姿势让人感到他的身后还是拖着一辆黄包车。其他的人我就不想——介绍了。跑在最后边的是我们朱老师，他是故事的主角，自然要比较详细地介绍一下。他的身体情况就不说了，他的号码是888，那时还没把8当成发财的数字，888没有任何特别的意义。他距离前面的运动员有三四米的光景，跑一步一探头，很像一只大鹅。看他跑步的样子让我们心里不舒服，感到他有点可怜，好像他不是自愿参赛，而是被人逼上梁山。当然其实并不是这样。运动会组委会不愿意让他上场，校长婉言劝他，说他年纪大了，做点后勤工作，当当计时员什么的也就可以了，但他非要参加不可。校长其实是怕他影响了学校的形象，说大羊栏小学派了个驼子上场，他为此很不高兴，把事情闹到了高风主任那儿。高主任说全民运动嘛，只要成绩够了就可以上，什么驼子不驼子，一条腿的人单腿蹦破世界纪录，不是更能说明我们中国人民有志气嘛！于是他就上了。他探头探脑地跑到了我们面前，我们为他大喊加油，他说：孩子们，还不到加油的时候。他微笑着从我们面前跑过去了，888号白布在他高高驼起的背上像一面小旗招展着，很有意思，特别显眼，与众不同。

跳高比赛在操场边上进行，焦挺已经跳过了一米八十，这次比赛，冠军还是非他莫属。操场中间正在进行标枪比赛，一杆杆标枪摇着尾巴在天上飞行，我们有点担心，生怕标枪手把跑道上的运动员当成野兔给扎了。

据说，在意大利米兰，曾经有一个计时员横穿场地，恰好标枪运动员正在比赛，忽地响起了一种悠长、奇特的啸声，一根标枪从阳光方向斜刺下来，以干净利落的动作击中计时员的背脊，他猛地向前一踉跄，扑倒在地上，这当儿，插在他背上的标枪还在簌簌发抖。

现场的观众，除了学生和农场的几乎所有右派，其余的大多是我们村的百姓，我爹、我叔、我哥，都在其中。周围的村子里也有来看热闹的人，但很少。我们村是近水楼台先得月。五一期间，桃花盛开，小麦灌浆，春风拂煦，夜里刚下了一场小雨，空气新鲜，地面无尘，正是比赛的好时节。几个计时员议论着，今天如果出不了好成绩，就不能怨老天不帮忙了。人们望着运动员们的背影议论，猜想着万米金牌的得主。有人把宝押在李铁身上，有人把宝押在张家驹身上，只有我们一帮对朱老师感情很深的小学生希望朱老师能荣获金牌。村里的不良青年桑林瞪着大眼说：你们做梦去吧，猪尾巴棍子的小跟屁虫们。我们齐声骂着桑林：桑林桑林，满头大粪！

桑林自吹，说曾经跟着一个拳师学过四通拳和扫堂腿，动不动就跟人叫阵，横行霸道，是村里的一大祸害，连村里的干部都让他三分。我们学校露天厕所边上有一棵老杏树,树冠巨大,树干粗壮,是私塾先生范二亲手种的。虽然它生长在最臭的地方,但结出的果实却格外香甜。春天里杏子只有指甲盖那么大时,桑林就去摘了吃。体育老师小王去拉他,被他一拳捅在肚子上,往后连退三步,一屁股坐在地上,吐出了一口绿水。桑林挥舞着拳头说:老子,拳打南山猛虎,脚踢北海苍龙!哪个不服,出来试试。我们朱老师上前,双手抱拳,作了一个揖,说:大爷,我们怕您,我们敬您,但您也得多多少少讲点理,好汉不讲理,也就不算好汉了。桑林说:罗锅腰子,猪尾巴棍子,你说说看,什么叫作理?朱老师说:这杏子,才这么一丁点儿大,摘下来也不能吃,白糟蹋了不是?桑林说:老子就爱吃酸杏!朱老师说:你也不是孕妇,怎么会爱吃酸杏?老子就是爱吃酸杏,你敢怎么样?朱老师说:您是大拳师,武林高手,谁敢把您怎么样呢?桑林得意扬扬,说:知道就行。朱老师看着桑林,脸上是胆怯的、可怜巴巴的表情。但事情突然起了变化:我们朱老师,以迅雷不及掩耳之势,将头颅作炮弹,向着桑林的肚子撞去。桑林猝不及防,身体平飞起来,跌落在我们三百名学生使用的露天厕所里。后来,桑林不服气,跑到学校大门口骂阵:罗锅腰子你他妈的出来,偷袭不算好汉!今天老子跟你拼个鱼死网破！我们朱老师出来，说：桑林，咱别在这里打，在这里打影响学生上课，也别这会儿打，我正在上课，这样吧，今天晚上，咱到生产队的打谷场上去，摆开阵势打一场，好不好？桑林说：好好好，好极了！大丈夫一言既出，驷马难追，今天晚上，你要是不去，就是个乌龟！当天晚上，一轮明月高挂，打谷场上，明晃晃的一片，我抬手看看，掌纹清清楚楚，这样的亮度完全可以在月下看书写字，绘画绣花。村里没有多少文化生活，听说朱老师要跟小霸王桑林比武，差不多全村的人都来看热闹。我们坚决地站在朱老师一边，希望他能赢，希望他能把小霸王桑林打翻在地，让他永世不得翻身。大多数村里人也站在朱老师一边，希望他能打死小霸王，打不死也把他打残，替村里除了这一害。但秦桧也有三个好朋友，桑林身后也有三个跟屁虫，我感到最不可思议的是我的二哥竟然站在桑林一边，是桑林的忠实走狗。朱老师很早就到了，桑林却迟迟不到。我们心里替朱老师感到害怕，他却像没事人似的与几个年纪大的老农聊着月亮上的事。他说月亮上没有水也没有空气，当然更不可能有嫦娥吴刚什么的。老农说，这也是瞎猜想，谁也没上去看看。朱老师说，用不了多久就会有人上去的。老农就哈哈大笑，说朱老师您是说疯话,是不是被桑林给吓糊涂了!朱老师说也许是桑林吓糊涂了,至今还不露面,他要再不露面我可要回去了。人们怎么舍得让他回去?好久没有个要景了,好不容易碰上这么一次。我知道那几个家伙是去胶河农场的西瓜地里偷瓜了,傍晚时他们几个就在河边的槐树林子里嘀咕,说是要先给小肚上上料,保养一下机器,然后才有劲跟老朱大战。他们有一些黑话,管吃东西叫"上料"或是"保养机器"。他们把西红柿叫作"牛尿子",管西瓜叫作"东爪"。有人说,赶快,去找找桑林,说朱老师已经等急了,他要再不来,就算他输了。这时有人大声喊叫:来了!桑林果然来了。他走在前头,后边跟着我二哥、聂鱼头、痨病四。他们四个是村里有名的四害,杀人放火不敢,偷鸡摸狗经常。有一年冬天,我们家的两只白色大鹅突然没了,我和姐姐满村找也没找到。我们去找鹅时,我二哥就躲在墙角冷笑。我对爹说:爹,家贼难防,我认为咱家的大白鹅是被四害保养了他们的机器。我父亲把我二哥用小麻绳捆起来,拿着一根烧红的炉钩子,进行逼供。我二哥吃打不住,终于交代,说我们家的大白鹅的确是被他们四人保养了机器。我爹说,你这坏蛋,怎么连自己家的鹅也不放过呢?我二哥说,这才叫大公无私。他们来了,每人手里捧着半个"东爪",边走边啃着。到了打谷场中央,桑林赶紧啃了几口"东爪",然后将"东爪"皮使劲扔到远处去。我二哥他们也学着桑林的样子,赶紧啃了几口"东爪",也把皮使劲扔到远处去。桑林脱下小褂,往身后一扔,我二哥这个狗腿子就把他的小褂子接住。桑林把腰带往里煞了煞,把肚子勒得格外突出,像个带孩子的老婆。咯——桑林打着饱嗝说,老公猪,大爷我还以为你不敢来了呢!朱老师说:桑林,今晚上的事,你跟你娘说过没有?桑林瞪着牛蛋子眼问:说什么?朱老师说:你是独子,你爹死得早,你要有个三长两短,谁养你娘的老?桑林说:老坏蛋,你准备棺材了吗?其余三害也跟着说:老坏蛋,你准备棺材了吗?朱老师问:咱是武打呢还是文打?桑林说:随你!三害跟着说:随你!朱老师说:那就文打吧!桑林说:文打就文打!三害说:文打就文打!朱老师走到场边几根拴马桩前,说:看好了,爷们!然后他就对准了拴马桩,一头撞过去。拴马桩立断。朱老师指指另一根拴马桩说:爷们,看你的了。桑林近前看看那根老槐木拴马桩,犹豫了一会儿,扑通一声就跪在了地上,口里大声叫:师傅,您收了我吧!朱老师说:起来,起来,你这是干什么?桑林说:我服了!服了还不行吗?朱老师说:小子,你知道庙里那口大钟是怎么破的？那就是我用头撞破的，如果你的头比钟还硬，就继续地横行霸道，如果你的头不如那口大钟硬，你就老老实实。桑林跪在地上，磕头不止，连说：师傅饶命，师傅饶命。三害也跟着跪下，连声求饶。从此朱老师就有了一个很响亮的诨名：铁头老朱。

观礼台上的大喇叭放起了节奏分明的进行曲，他们的步伐显得轻松自如了许多。对嘛，早就应该放点音乐，站在我们身边的那群右派不满地议论着。穿着杏黄春装的蒋桂英和蒙着一块粉红纱巾的陈百灵对着李铁欢呼着：李子，加油；铁子，加油！李铁对着这两个大美人举起右手，轻松地抓了抓，不知道是什么意思。黄包车夫没有自己的啦啦队，他也不需要什么啦啦队，一个臭拉车的，难道还需要别人的欢呼吗？不需要，根本就不需要，他还是像跑第一圈那样，黯淡无光的眼睛平视着正前方，两条胳膊向两边乍开着，两只大手拢着，仿佛攥着车把。他的脑海里浮现着的肯定全是当年在北京城里拉洋车时的往事，与骆驼祥子一起出车，与虎妞一起斗嘴，吃两个夹肉烧饼，喝一碗热豆腐脑，泡泡澡堂子，逛逛半掩门子……他的耳边也许响着黄铜喇叭的嘀嘀声，哨子吱吱地叫，也许是巡警在抓人，其实是旁边的篮球场上一个运动员犯了规。

朱老师跑过来了,还是最后一名,还是像我家的大白鹅那样,脑袋一探一探地往前冲,步伐很大,弹性很强,好像他的全身的关节上都安装了弹簧。他的脸上挂着一层稀薄的汗水,呼吸十分平稳。我们为他加油,他对我们微笑。看样子他对自己的殿后地位心满意足。他我行我素,自个儿掌握节奏,前面的人跑成兔子还是狐狸,仿佛都与他无关。

啪!一声鞭响,村里的马车拉着粪土从操场旁边的土路上经过,热闹引人,赶车的王干巴将车停住,抱着鞭子挤进来,站在蒋桂英和陈百灵中间。他往左歪头看看蒋桂英,蒋桂英撇撇嘴,不理他;他往右歪头看看陈百灵,陈百灵翻翻白眼,也不理他。他龇着一口结实的黄牙无耻地笑起来:嘿嘿,嘿嘿。这是他的一贯笑法,他的外号就叫嘿嘿,嘿嘿的使用率比王干巴高得多。嘿嘿哧哼着鼻子闻味,就像一匹发情的公马。他闻到了什么气味?清新的五月的空气里,洋溢着蒋桂英和陈百灵的令人愉快的气味。那是一种香胰子混合着新鲜黄花鱼的气味,是有文化的女人的气味,真是好闻极了。那两匹拉车的马发扬团结友爱的精神,相互啃着屁股解痒。嘿嘿站在两个超级美人中间左顾右盼,厚颜无耻,没脸没皮，人家根本不理他，他却从腰里摸出了一个修长的地瓜，喀嚓，掰成两半，粉红的瓤面上渗出一滴滴白汁。嘿嘿，蒋同志，请吃地瓜，过冬的地瓜，走了面，比梨还要甜。谢谢，我不吃凉东西。嘿嘿，陈同志，请吃地瓜，过冬的地瓜，比梨还要脆，吃了败火。紧接着压低嗓门说，这是生产队里留的地瓜种，"5245"，新品种，就是农业大学地瓜系的老右派马子公研究出来的，我偷了一个，这要让保管员看到，非游我的街不可。陈摇摇头，表示不要，连话也懒得跟他讲。我要是嘿嘿，肯定满脸通红，讪讪地退到一边去，可人家嘿嘿，不羞不恼，没心没肺，说，你们不吃俺吃，这样好的东西，你们还不吃，怪不得把你们打成右派，你们跟我们贫下中农，假装打成一片，其实隔着一条万里长城！真是你他妈的大黄狗坐花轿不识抬举。蒋桂英我问你，听说你跟一千多个男人困过觉？听说你跟资本家隔着玻璃亲嘴挣了十条金子？有没有这回事？我问你有没有这回事？蒋桂英把个小白脸子涨得粉红，跟"5245"地瓜瓤一个颜色。她的嘴咧着，好像要哭，但又没哭。你们这些臭戏子，都是万人妻！把左手的半个地瓜，送到嘴边，咬人似的啃了一口，嘴巴艰难地咀嚼着，两边的腮帮子轮流鼓起。你个流氓！蒋桂英说，流氓……眼泪从她的眼睛里流出来。还有你,陈百灵,世界四大浪,猫浪叫,人浪笑,驴浪吧嗒嘴,狗浪跑断腿!我看你就是四大浪之一,你是条浪狗,你跟丁四的事人人都知道(丁四是养羊组的小组长,农学院畜牧系的右派研究生,他养了一只奶羊,产的奶喝不完,陈百灵经常去喝羊奶)。要想人不知,除非己莫为!陈双手捂着脸蹲在地上,从她的手指缝隙里,发出了奇怪的声音,好像栖息在芦苇丛中的水鹌鹑四月发情时发出的那种低沉、悲伤的鸣叫。眼泪从她的指缝里渗出来时,我们才知道她在哭,而且哭得很悲痛。嘿嘿把右手里的那半地瓜举到嘴边,喀嚓咬了一口,两边的腮帮子轮流鼓起,嘴里响起粉碎地瓜的声音。有一只黑色的拳头,飞快地捅到了他的腰上。他满嘴的地瓜渣子喷唇而出,啊哟娘哎!他回过头,脸古怪地扭着,眉毛上方那颗长着一撮黑毛的小肉瘤子抖动不止。这一记黑拳打得他不轻,他想骂人,但气被打岔了,暂时骂不出来。终于他骂出来了:妈的个×,是谁?是谁敢打他的爹?!在他的面前,依次展现开一片形形色色的人脸,有的冷漠,像沾着一层黄土的冰块;有的愤怒,像刚从炉膛里提出来的铁块。冷眼射出冰刺,怒眼喷出毒火。妈的个×,你们,是谁打了老子一拳?一股油滑的笑声从一个嘴里流出来,紧跟着笑声又出了一拳,正捅在嘿嘿的肚皮上,嘭的一声巨响。俺的个亲娘哟!嘿嘿不由自主地蹲在地上,双肩高耸着,头往前探出,呕出了一堆地瓜。是老子打了你,怎么样?桑林用脚蹬住嘿嘿的肩头,一发力,嘿嘿一腚坐下,双手按地,不讨人喜欢的脸仰起来。他看清了打他的人。怎么是你?嘿嘿惊讶极了。怎么是他?我们惊讶极了。可见一个人做点坏事并不难,难的是一辈子不做好事。

他们拐过弯道,对着我们跑来了。这是第几圈?我忘了。他们的队形发生了一些变化。头前还是李铁,距离李铁十几米处,团聚着五个人,时而你在前一点,时而他在前一点,但好像中间有股力量,变成六根看不见的橡皮筋,牵扯着他们,谁也休想挣脱。又往后十几米,昔日的黄包车夫迈着有条不紊的大步,拖拉着无形的车,保持着像骆驼祥子那样的一等车夫的光荣和尊严。再往后十几米,是我家大鹅似的运动员右派代课朱老师。他这个右派是怎么划成的?说起来很好玩。

十几年前他就在我们学校代课,学校要找一个右派,找不到,愁得校长要命。这时上级派来一个反右大王,带着四个女干将,下来检查划右派的工作。校长说我们这里又穷又落后,实在找不到右派,是不是就算了?大王说,"凡有人群的地方就有左、中、右",知道这话是谁说的吗？校长说不知道，大王说这是毛主席说的。校长说，既是毛主席说的，自然是真理，那就找吧。大王让校长把全校的师生集合到操场上，让每个人出来走几步，谁也不知大王葫芦里卖的是什么药。等全校的师生走完了，大王走到前面讲话，四个女将分列两旁，好像他的母翅膀。他说，右派，有两个。他指指朱老师，说，他！右边的两个女将就走上前去，把朱老师拖了出来。朱老师大声喊叫：我不是右派，我不是！朱老师在两个铁女人的中间蹿跳着，好像一只刚被擒获的长臂猿。大王说，你别叫，更别跳，狐狸尾巴藏不住，马上就让你显出原形。他又指着学生队伍里的我大姐说，她！他右边那两员女将虎虎地走过去，把我姐姐拖了出来。我大姐脾气粗暴，生了气吃玻璃吞石子六亲不认，连我爹都不敢戗她的毛梢，大王不知死活，竟让女将下来拖她，这就必然地有了好戏，等着瞧吧！

大王是受过军事训练的人，他让朱老师和我大姐并排站好，然后下达口令：立正——！大王声音洪亮，口令干脆。向前看！齐步走！我大姐与朱老师听令往前走。我大姐昂首挺胸，朱老师也很尊严。他们俩刚走了几步，还没走出感觉，大王就高叫一声：立定！大王问大家：你们看清楚了没有？大家一齐喊叫：看清楚了！

大王问：你们看清楚了什么？众人面面相觑，全部变成了哑巴。大王冷笑道：群众的眼睛是亮的，大家想想看，刚才他们走步时，是先迈左脚呢还是先迈右脚？众人大眼瞪小眼，一个个张口结舌。大王说：他们两个，是我们这一大群人里（大王伸出左手画了一个圈），仅有的两个（伸出两根左手手指）走路先迈右脚的人。你们说，他们不是右派，谁是右派？！朱老师听了大王的宣判，哇哇地哭起来。我大姐把小棉袄脱下往后一扔，大踏步跑到墙根，捡起两块半头砖，一手拿一块，像只小老虎，不分公母，狂叫着：呀——啊！就朝着大王扑了过去。

大王站起来，抖抖肩上披着的黄呢子大衣，强作镇静地说：你，你，小毛丫头，你想造反吗？大姐可不是那种随便就让人唬住的人，她悠了一下右臂，将一块砖头对着大王投过去。她绝对想砸破大王的头，但因为力气太小，砖头落在大王的面前，吓得大王蹦了一个蹦，像一个机灵的小青年。你这个小右派，还敢动真格的？！造你活妈，我大姐破口大骂，把你妈造到坑洞里去，然后让她从烟囱里冒出来！我大姐从小就喜欢骂人、说脏话，她骂人的那些话精彩纷呈，我不好意思如实地写，生怕弄脏了你们的眼睛。另外她发明的那些骂人话里有许多字眼连《辞海》里都查不到,所以我想如实地记录也不可能。我大姐这个没有教养的女孩,举起第二块砖头,对着大王的头投过去,大王轻轻一闪就躲过了,像一个机灵的青年。我大姐两投不中,恼羞成怒,站在大王面前,跳着脚骂,那些黄色的词儿像密集的子弹,打得大王体无完肤。众人刚开始还挺着,伪装严肃,但终于绷不住了。一人开笑,大家就跟着哈哈大笑起来。我大姐有点缺心眼,人来疯兼着人前疯,众人越笑她越来劲,就像一个被人喝彩的演员。大王革命几十年,大概还没碰到过这样的问题。他习惯性地把手往腰里摸去,有人害怕地喊:不好了,大王摸枪了!有人不害怕地说:摸个鸟!他是文职干部,没有枪。大家便又哈哈大笑起来。 大王终于愤怒了。他指挥不动别人,便指挥他的母翅膀:把她给我捆起来。这也是他的习惯性话语,张口闭口就要把人给捆起来。他身边没有绳子,他的母翅膀身上也没带绳子。四个女人一拥而上,她们都被我大姐气得鼓鼓的,可算等到出气的机会了。跟着大王划了那么多右派,还没遇到这样的刺儿头。在那个年代里,谁不怕她们?一听说被划成了右派,有哭的,有下跪的,有眼睛发直变成木头的,没有一个敢像这个小丫头,破口大骂,还拿着砖头行凶,如果不治服了她，这反右斗争就别搞了。她们一拥而上，把我大姐按倒在地。尽管我大姐咬掉了不知是哪个女人的一节手指，但最终还是给按在了地上。她们用穿着小皮靴的脚踹着我大姐的屁股，我大姐骂不绝口，越骂人家越踹，终于给踹尿了裤子。我爹和我娘匆匆跑来，不知他们怎么得到了消息。我娘哭，我爹却笑。我爹笑着说：打打打，往死里打！这孩子我们早就不想要了。我娘哭着说：你不想要，我还想要呢……

跑到头前的李铁看到站着流泪的蒋桂英与蹲着哭泣的陈百灵，脸上表现出疑惑的表情，但他没有停止奔跑。他的脸从我们面前一闪而过。其他的人基本上是麻木不仁。最麻木不仁的是张家驹，他目光呆滞地望着前方，步速不变姿势也不变，活活就是一架机器。朱老师却偏离了跑道，大声说：嘿嘿，欺负女人瞎只眼！人群中有人感慨地说：老朱这人，睁着眼死在炕上，一肚子心事，像他这样子，还指望拿头名？又有人说：朱老师是热心人，阶级斗争天天唱，世界需要热心肠！桑林得到了可能是有生以来的最大尊敬，满脸是洋洋得意的神情。村里人说：嘿嘿，连桑林都看不过去了，你想想自己缺不缺德吧！嘿嘿挨了两拳，又受到了大家的批判，尴尬，委屈，虾着腰，提着鞭杆，说：桑林，你小子有种等着吧，我不报此仇就是大闺女养的私孩子。桑林说：你原本就是个私孩子。嘿嘿挤出人群，对着那两匹马使威风去了。

这时，篮球场上，右派队的教练员叫了暂停，县教工联队的也跟着暂停。两个队的队员都围拢在自家的教练周围，听面授机宜。我们离着比较远，只能看到教练员挥舞的双臂，但听不清楚他说些什么。嘿嘿劈开腿站在车辕干上，拿着牲口撒气，一鞭紧追着一鞭，抽着那两匹倒霉的马，鞭声清脆，就像放枪似的。正好大队长从这里路过，看到嘿嘿打马，便上前问：嘿嘿，你打它们干什么？嘿嘿打红了眼，抬手就给了大队长一鞭，啪！大队长脖子上顿时就鼓起了一道血红。大队长崔团，复员军人，自己说参加过广西十万大山的剿匪，智擒了女匪首，但随即就中了女匪首的美人计，又把她给放了。这就犯了大错误，差点让连长给毙了，只是因为他战功太多，才留了一条小命。这都是他自己咧咧的，可以信，也可以不信。如果不是那个女匪首，我早就提拔大了，还用得着跟你们这些个乡孙在一起生气？这是崔团经常说的话。他的历史也许是自己虚构的，但他在现实生活中的表现却是我们有目共睹的。这人脾气暴躁，雷管似的。我亲眼看到他提着一杆鸟枪追赶老婆，原因是老婆在他吃饭时放了一个屁。他老婆跑不动了，就往一棵大杨树上爬。他追到树下，举起鸟枪，瞄准老婆的屁股，呼嗵就是一枪。嘿嘿不知死活的个鬼，竟敢打了崔团一鞭，真是老鼠舔弄猫腚眼，大了胆了。路边发生了这样的事，所有的体育比赛都丧失了吸引力，人们一窝蜂拥过去，想看一场大热闹。但出乎人们意料的是，平日里性如烈火的崔团，竟然像一个逆来顺受的四类分子似的，摸着脖子上的鞭痕，嘴里低声嘟哝着，灰溜溜地走了，连句倒了架子不沾肉的硬话都没说。这让我们大失了所望，目送了崔团一段，看了站在车辕上像骄傲的大公鸡一样的嘿嘿几眼，便无趣地相跟着，回到操场边，继续观看比赛。

当李铁带着他的、其实也不是他的队伍断断续续地转过来时，一个计时员举着一页小黑板冲上跑道。黑板上用白粉笔写着"15圈6 000米"。李铁眼睛凸出，喘气粗重，像一个神经病人，直对着小黑板冲过去，计时员提着黑板慌忙逃离。他站在跑道边上，对依次跑过来的运动员说着：6 000米了，6 000米了！运动员们有的歪头看看黑板，脸上闪过一种慌乱的神气。有的却根本不看，好像黑板上的数字与自己毫无关系。懂行的右派看客在旁边议论道：到了运动极限了，这是黎明前的黑暗,是最最艰苦的时刻,熬过这时刻就好了,熬过这一段就看得见胜利的曙光了。但立即就有我们村的小铁嘴跳出来反驳右派言论:什么"运动极限"?这就跟挨饿一样,一天不吃饿得慌,两天不吃饿得狂,三天不吃哭亲娘,五天六天不吃,肚子里反而胀得难受了。你们看,张家驹有运动极限吗?张家驹跑法依旧,黑脸上干巴巴的,连一颗汗星儿都没有。有人说,一万米,对人家老张来说,那才叫张飞吃豆芽,小菜一盘儿!人家老张拉着慈禧太后从颐和园跑到天安门,一天跑四个来回!一万米算什么嘛!你们看,朱老师到了运动极限了吗?朱老师也还是那样,像我家的大白鹅,一步一探头,跑到我们身边时从不忘记跟我们打个招呼,不说话也要点点头,不点头也要笑一笑。刚受过众人赞赏的桑林从怀里摸出一个黄芽红皮大萝卜,问道:老朱爷们儿,吃吗?朱老师摆摆手,笑道:爷们儿,孝顺老子也得选个时候!然后他就一蹿一蹿地跑过去了。从后边看,他的腿是被他那颗大头带动着跑。我们追着他的屁股喊:朱老师,加加油,追上去!有人说,不到时候,到了时候他会追上去的,万米长跑,最重要的是气息,老朱气息好。什么呀?!那不叫气息,那叫肺活量!朱老师的肺活量,是我们亲眼见识过的。

夏天的中午，朱老师带着我们到河里去洗澡，当然说去游泳也可以。我们习惯把游泳说成洗澡，几十年如一日。只是在那些右派们来了后，游泳才进入我们的语言。我们到了河边，全都脱得一丝不挂，把身上那条唯一的裤头挂在河边的红柳棵子上。河里水浅，只有石桥底下水深。那儿不但水深，而且由于桥面的遮盖水还特别凉，所以我们一下河就往石桥下面跑。朱老师在我们身后大喊：回来回来！不许光屁股下河！石桥那儿，早有一群右派在，游——泳！有男右派，有女右派。女人下河，五谷不结，这是我爹他们的说法。我爹他们的说法只对我娘她们这些女人有约束力，对人家那些女右派一点用也不管。人家尽管是右派，但大家都清楚，右派也比农民高级。什么贫下中农也是领导阶级呀，那都是人家哄着咱们玩的，如果拿着这话当真，那你就等着遭罪吧！右派不种地，照样有饭吃；贫下中农不种地，饿死也没有哭儿的。你贫下中农再高级，不信去沾沾蒋桂英她们，人家连毛也不会让你摸一根！右派们在桥下戏水，男的穿着裤头，女的穿着的也算裤头吧，不过她们的裤头比男人的裤头长得多，我们给她们的裤头起了一个很文雅的名字：连奶裤头。我们也终于明白了洗澡和游泳的区别。我们下河，一丝不挂，所以我们是洗澡；

右派下河，穿着裤头和连奶裤头，所以他们是游泳。其实我们和右派在河里干的事情基本上没有区别。我们在河里一个劲地打扑通，扑通够了就跑到河滩上去，往自己身上抹泥巴。他们在河里也是一个劲地打扑通，扑通够了就站在桥墩旁边往身上抹胰子。这样一比较，我看他们更像洗澡，而我们更像游——泳。

游泳啊，游——泳！我们根本不听朱老师招呼，狂呼乱叫着，光着屁股冲向石桥下面。朱老师无奈，穿着大裤头子跟在我们后边，像我家那只大白鹅下了河。朱老师擅长仰泳，他躺在水面上，头翘起来，脚翘起来，中间看不见，身体一动也不动，就像几块软木，黑色的，朝着石桥下漂来。我们刚开始光着屁股往石桥下冲锋时，那几个风流女右派吓得哇哇叫，有的还把身体藏在水里，搂着桥墩，只露着鼻子和眼睛，像一些胆怯的小姑娘。但很快她们就发现我们这些农村孩子比较弱智，光着屁股在她们身边钻来钻去对她们也构不成什么威胁，于是她们就放松了身心，该怎么折腾就怎么折腾了。这么些男孩子里有没有个别的早熟的小流氓，看到那些漂亮女子想入非非一点，我看也不能说没有。譬如说有一个名叫许宝的，就喜欢在桥下扎猛子。他水下的功夫很好，一头扎下去，能在水下潜行十几米远。我们经常可以听到那些女右派哇哇大叫，说是有大鱼咬人。其实哪里有大鱼，都是许宝这小子搞的鬼。但有一天这小子在水下潜行干坏事，没拧到女人的腿，却一头撞到桥墩上，碰出了脑震荡，差点要了小命。

右派们对朱老师挺尊重，并不因为他是个土造的右派就歧视他。其实朱老师的右派是大王亲自划定的，比他们的档次还要高呢。他们在桥下喊：朱老师，到这里来，到这里来呀！朱老师就仰过去，身体靠在桥墩上，与那些右派们谈天说地。我们有时候闹累了，也围在他们周围，听他们说话。右派的话跟我爹他们的话大不一样，听右派谈话既长知识又长身体。我当兵后常常语惊四座，把我们的班长、排长弄得很纳闷：一个没受过什么教育的农村孩子，肚子里怎么会有这么多学问呢？他们哪里知道，我在桥墩底下受到过多高层次的全面熏陶，从天文到地理，从中国到外国，从唐诗到宋词，从赵丹到白杨，从《青春之歌》到《林海雪原》，从小麦杂交到番茄育苗……有时候，他们谈着谈着，会突然静下来，谁也不说话，只有河水从桥洞里静静地流过去。只有流水冲激着桥墩发出不平静的响声。几十颗大脑袋围着桥墩，几十颗小脑袋围着大脑袋，这简直就像传说中的水鳖大家族在开会，小的是小鳖头，大的是大头鳖，其中最大的一个头就是我们朱老师的头。这家伙下河也不摘掉他的眼镜，在阴暗的桥洞里，他的眼镜闪烁着可怕的光，一看就让人想到毒蛇什么的。他老先生翘起两只脚，河水被他的脚掌分开，形成了两道很好看的波纹。桥面上的水啪嗒啪嗒地滴下来，滴到身上凉森森的。桥外边阳光耀眼，河面上波光粼粼。一个女右派打了一个非常好听的喷嚏，我们愣了一下，然后就哈哈大笑。朱老师说：我们比赛憋气吧。

比赛水下憋气，是朱老师和右派们的保留节目。几个人围在一起，都把鼻子淹没在水下，屏住呼吸，眼睛相望着，憋啊，憋啊，终于憋不住，猛地蹿起来，像一条大黑鱼。剩下的人继续憋，憋啊，憋啊，终于憋不住，猛地蹿起来，像一条大黑鱼……蹿起来的就变成了看客，看着那些还在顽强地坚持着的人。最后，剩下的，每次都是朱老师和右派小杜。小杜是黄河水文站的，天天和水打交道，熟知水性，他说从他的祖上起，就当"水鬼"。清朝时还没有"潜水员"这个叫法，"水鬼"们完成的实际上就是潜水员的工作。他说他的老老爷爷在曾国藩的弟弟曾国荃手下当过"水鬼"，在安庆大战中凿漏过太平军的大艨艟，为反动的满清皇朝立过战功。朱老师与"水鬼"后代四眼相对，用眼睛对着话：你有什么了不起？我没有什么了不起，就是能比你在水中多待一会儿。别吹，出水才看两脚泥！两个人较着劲，谁也不肯先蹿出来。小杜说他的老老爷爷能在水下待两个小时，不用任何潜水工具。瞎吹，尽瞎吹！信不信由你。一分钟过去，两分钟过去，三分钟过去，憋到了大约五分钟的时候，小杜终于憋不住了，呼地蹿了起来，好像发射了一颗水雷。他摸了一把脸，将鼻子上的水抹去，然后就大口地喘气。朱老师还在憋着，大家都数着数，571，572，573，574……600……朱老师还憋着，眼睛发红，好像充了血。右派们说：行了老朱，别憋了，你赢了，你绝对赢了。我们也说：朱老师，上来吧，憋坏了脑子谁给我们上课呀！在众人的劝说下，朱老师才出了水，看样子很从容。小杜说：老朱这家伙会老牛大憋气。陈百灵说：多么惊人的肺活量！朱老师说：实话告诉你们吧，我掌握了水下换气的方法，别说在水下憋十分钟，就是憋一小时也没事。小杜说他的老老爷爷能在水下待两个小时是完全可能的，你们不要不相信。

长跑运动员，要有坚硬的骨头，要有结实的肌肉，关键的还要有不同于常人的两叶肺。朱老师的肌肉和骨头并不出色，但他有两叶杰出的肺，这就弥补了他的所有不足。所以连专业的长跑运动员李铁都气喘吁吁地在运动极限上挣扎时，朱老师却呼吸均匀，泰然自若。

观礼台上的大喇叭突然又响起来。当它又响起来时，我们才想到，它不知什么时候停了。它放出的还是进行曲，曲子不老，唱片太老了，留声机的针头也磨秃了。进行曲里夹杂着刺啦刺啦的噪声。那个计时员又举着黑板跑到跑道上给运动员们提醒：20 圈 8 000 米。这就是说他们已经跑过了五分之四，离终点只有五圈，只有两千米。连五圈都不到，连两千米都不到了。可以说是胜利在望了呀！他们还是保持着原先的次序，从我们面前跑了过去，对计时员好心的提示显得很是麻木。等他们又一次转到我们面前时，我们才发现计时员的提示还是很起作用。这时，跑在最前面的还是李铁，但他跟后边的团体之间的距离已经缩短。第二名暂时还是骆驼脸青年陈遥，他的两片厚唇翻翻着，一缕湿发垂在脸上，挡住他的视线，害得他不得不频频地抬起手将那缕头发捋上去。我校的小王老师由原先的第三名落到第五名，黑铁塔已经超了他变成了第三名，另一位我们不知来历的大个子保持着第四名。小王老师不甘心就这样落了后，计时员的提示好像给他打了一针强心针，鼓起了他最后一拼的勇气，我们看到他加快了步频，他的个子最小，他的步频本来就是最快的现在就更快了。他把头往后仰着，简直像进行百米冲刺，口里还发出哼哼的叫声。他的身体与第四名平行了。我们高声喊叫着：王老师！加油！王老师！加油！他的身体终于超过了第四名自己变成了第四名。看样子他还想趁着这股劲冲到最前面去，但第三名回头望了一眼后也迫不及待地加了力。小王老师就这样被黑铁塔给压住了。他的像小野兔一样的步速渐渐地慢了下来，步子的节奏也乱了套。他的双腿之间好像缠上了一些看不见的毛线。他越跑越吃力。他的眼睛也睁不开了。他一头栽到地上。紧跟在他身后的那个大个子躲闪不及，趴在了他身上。我们的运动会比较简单，没有救生员什么的，观众们热情地跑上去，把大个子和小王老师拖下来。那个大个子神思恍忽地说：别拦我……挣起来就往前跑，完全丧失了目标，碰倒了好几个观众，大家把他架起来遛着，就像遛一匹疲劳过度的马。小王老师双手按着地跪在地上，激烈地呕吐着，早饭吃下的豌豆粒从鼻孔里喷了出来。我们满怀同情地看着他，不知如何是好。 减员两名之后，跑道上人影稀疏，好像一下子少了许多人一样。李铁还保持着领先的地位，但陈遥已经紧紧地咬住了他。黑大汉第三，距前两名有七八米的光景。第四名是那个我们不知道来历的人，他好像很有后劲，正在试图超越黑铁塔。黄包车夫还是那样，拖着他的无形的洋车，旁若无人，只管跑自己的。他的目的好像不是来争什么名次，他的任务只是要把他的车上的乘客送到目的地，或是从颐和园送到天安门，或是从天安门送到颐和园。我们的朱老师跟在黄包车夫后边，步伐看不出凌乱，但脸上的颜色有些灰白。从我们身边跑过时，我们为他加油，他对着我们简单地挥了一下手，脸上的笑容显得有点勉强。我们悲哀地想到：朱老师毕竟是年纪大了。

当他们绕过弯道转到跑道的另一边时，一辆破破烂烂的摩托车沿着跑道外边的土路颠颠簸簸地、但是速度很快地冲过来，蹦了一蹦后，它就停在了离我们很近的地方。摩托的马达放屁似的叫了几声，然后死了。驾驶摩托的是一个身穿蓝色制服的警察，坐在车旁挂斗里的也是一个身穿蓝色制服的警察。他们在摩托上静止了一会儿，然后就从车上跳下来。他们一句话也不说，与观众混在一起。但他们绝对不是观众，我们这些没有政治经验的小学生也看得出来，他们不是来看热闹的。他们腰束皮带，皮带上挂着枪套，枪套里装着手枪。气氛顿时紧张起来，空气中充满了阶级斗争。我们一方面心里乱打鼓，一方面兴奋得要命。我们一方面想看看警察的脸，一方面又怕被警察看到我们在看他们的脸。一个小女孩举着一枝粉红的桃花横穿了跑道，向操场正中跑去。那里的标枪比赛已经结束，铅球比赛正在进行。一个小男孩手里举着大半块玉米面饼子（饼子上抹着一块黄酱），跑到摩托车旁，边吃着，边弯腰观看着摩托车。

他们从跑道那边又一次转了过来。距离终点还有三圈，万米比赛已经接近尾声。李铁的步伐已经混乱不堪。陈遥的喘息声就像一个破旧的风箱。黑铁塔咬住了陈遥的尾巴，他只要往前跨两步就能与陈遥肩并着肩，但看起来这两步不是好跨的。黄包车夫成了第四名，他并没有加速，而是因为原来的第四名减了速。朱老师还是最后一名，他从开始就跑得怪让人同情，那是因为他的身体的畸形，不是因为他的体力。现在，谁是本次比赛的赢家，还是一个谜。现在应该是我们这些观众狂呼乱叫的时候，但由于两个警察的出现，我们都哑口无声。我们不希望警察的出现影响运动员的情绪，但心里边又希望他们能看到观众旁边出现了两个警察。我们莫名其妙地感到警察的出现与正在奔跑着的某个运动员有关。李铁踉跄了一下，几乎摔倒，这说明他看到了警察。陈遥的身体往里圈歪着，好像要躲闪什么，说明他也看见了警察。后边的两位都看见了警察。黄包车夫没看到警察,他还是那样。朱老师看得最仔细,他生性好奇,我想如果他不是在比赛中,很可能会上前去与警察搭话。

比赛还剩下两圈时,计时员举着提示黑板鬼鬼祟祟地跳到跑道正中,然后就匆匆忙忙地跑开了。李铁摇摇晃晃,头重脚轻地扑到警察面前。陈遥拐了一个弯,对着掷铅球那些人跑去。这是怎么啦?据说运动员在临近冲刺时,因为极度缺氧,大脑已经混乱,神志已经不清,李铁和陈遥的行为只能这样来解释了。黑铁塔竟然也跟着陈遥向掷铅球的人那儿跑去。难道他也疯了?那个我们不知姓名的人,看到前面发生了这样的情况,停住了脚步,六神无主地原地转起圈子,嘴里唠叨着:这是怎么了?这是怎么了?黄包车夫就这样将自己置身于第一名的位置上,他机械地往前跑,连眼珠也不偏转。就这样我们的朱老师成了第二名,接下来他即便爬到终点,也是第二名。经过警察时,他歪着头,脸上挂着莫测高深的微笑。

两个警察十分友好地伸手将李铁架起来。他两眼翻白,嘴里吐出许多白沫,像一只当了俘虏的螃蟹。一个警察拍着他的背,另一个警察掐他的人中。他的黑眼珠终于出现了，嘴里的白沫也少了。他浑身打着哆嗦，哭叫着：不怨我……不怨我……是她主动的……

观众群里，蒋桂英哇的一声哭了。

距离终点还有一百米，有两个人跑到跑道两边，拉起了一根红线。三个计时员都托起了手里的秒表。本次比赛马上就要结束了。我们的朱老师在最后的时刻，像一颗流星，发出了耀眼的光芒。他飞速地奔跑，就像我家的大鹅要起飞。黄包车夫还是那样，以不变应万变。在距离终点十几米处，朱老师越过了黄包车夫，用他的脑袋，冲走了红线。

朱老师平静地走到警察身边，伸出两只手，说：大烟是我种的，与我老婆无关。

警察把他拨到一边去，面对着木偶般的黄包车夫。

一个警察问：你是张家驹吗？

张家驹木偶着。

另一个警察把一张白纸晃了晃，说：你被捕了，张家驹！

手铐与手腕。

原来你们不是来抓我？朱老师惊喜地问。

警察想了想，问：你刚才说种了大烟？

是的，我老婆有心口痛的毛病，百药无效，只有大烟能止住她的痛。

那么，警察很客气地说，麻烦您也跟我们走一趟吧。

四、结　尾

朱老师多年光棍之后，在我爹和我娘他们的撮合下，与村里的寡妇皮秀英成了亲。

皮秀英瓜子脸，吊梢眉，相当狐狸。每年春天草芽萌发时节的深夜里，她夸张的呻吟声，便传遍大半个村庄，扰得人难以安眠。与朱老师成亲后，我们再也没有听到她的让人毛骨悚然的呻吟。大家都说：皮秀英有福，嫁给大能人朱老师，连多年的陈疾也好了。

朱老师家与皮秀英家的房屋相距不远，自从两人成亲后，皮秀英家的大门就没有打开过，没成亲前她反倒经常地坐在大门槛上，纳着鞋底子，斜眼看着过往的行人。

也从来没看到朱老师到皮秀英家里去。

有人看到皮秀英与朱老师一起从朱老师家的大门出来过。

每年的麦黄时节，从皮秀英家的院子里，便洋溢出扑鼻的香气,有时还能听到皮秀英与朱老师的说笑声。

好奇的人将脸贴到大门缝上往里望,发现门里边不知何时砌起了一道砖墙,挡住了人们的视线,也挡住了人们破门而入的道路。

有一个想爬她家墙头的人,被暗藏在墙头上的大蝎子给蜇了一丑子。

皮秀英更加狐狸了。

她家的大门上,有人写上了三个大字:狐狸洞。

问朱老师:老朱,您得了仙丹了吗?

他不回答,诡秘地笑笑。他的眼圈发青,也有点狐狸气。

我爬到皮秀英家房后的大杨树上,看到她家阔大的院子里,密密麻麻地生长着一种叶子毛茸茸的植物。满院子都是,连角落里、厕所里都是。在这种挺拔植物的顶梢上,盛开着像狐狸一样鲜艳、娇媚、妖气横生的胖大花朵。花朵的颜色有白、有红、有紫、有蓝……五颜六色,香气扑鼻。朱老师拿着一柄小锄,弓着腰,在花间除草。皮秀英弯着腰,将尖尖的鼻子放到白花上嗅嗅,放到红花上嗅嗅,放到紫花上嗅嗅,放到蓝花上嗅嗅……她的屁股后边拖着一条蓬松的大尾巴,像一团燃烧的火。我刚想惊呼,她的尾巴就不见了。

后来，谜底揭开，没有狐狸，也没有仙丹，只有一条地道，从朱老师家院子通到皮秀英家炕前。

参观完工程浩大、内部充满了奇思妙想精巧机关的地道，有人问：难道就为了种几棵大烟？

没人回答他的提问，但我们的心里非常清楚：不，绝不是为了种几棵大烟！

(一九九八年)

图书在版编目(CIP)数据

三十年前的一次长跑比赛/莫言著.—杭州：浙江文艺出版社,2020.5
ISBN 978-7-5339-5989-0

Ⅰ.①三… Ⅱ.①莫… Ⅲ.①中篇小说-小说集-中国-当代 Ⅳ.①I247.5

中国版本图书馆CIP数据核字(2019)第300833号

策划统筹　曹元勇
责任编辑　王丽荣
文字编辑　庄馨丽
封面设计　人马艺术设计·储平
责任印制　吴春娟

三十年前的一次长跑比赛
莫言　著

出版	浙江文艺出版社
地址	杭州市体育场路347号　邮编：310006
网址	www.zjwycbs.cn
经销	浙江省新华书店集团有限公司
印刷	上海中华商务联合印刷有限公司
开本	787毫米×1092毫米　1/32
字数	140千字
印张	8.5
插页	4
版次	2020年5月第1版
印次	2020年5月第1次印刷
书号	ISBN 978-7-5339-5989-0
定价	46.00元

版权所有　侵权必究
(如有印、装质量问题,请寄承印单位调换)